Erika Brunner • Die ganze Welt ist Bühne

Erika Brunner

Die ganze Welt ist Bühne

Historischer Roman

Bibliografische Information der Deutschen Nationalbibliothek
Die Deutsche Bibliothek verzeichnet diese Publikation in der Deutschen Nationalbibliografie; detaillierte bibliografische Daten sind im Internet über http://dnb.ddb.de abrufbar.

www.medu-verlag.de

Erika Brunner
Die ganze Welt ist Bühne
Historischer Roman

Dreieich bei Frankfurt/M.
Lektorat: Carl Thormann

Covergestaltung: MEDU Verlag

Printed in EU

ISBN: 978-3-944948-66-9

Es war eine Lerche, die Judith an diesem Morgen weckte. Noch war die Sonne nicht aufgegangen und der Vogel stand hoch über den Feldern. Judith fuhr in Wams und Beinkleider, ergriff den Kamm und schlüpfte unter dem Plandach hervor in die Morgenkühle.

Am Bach wusch sie Gesicht und Hände und ließ den Kamm durch ihr Haar gleiten. Es war schön lang und dicht, braun und golden wie dunkler Wildhonig und es lockte sich an den Spitzen.

„Wenn Euch ein Feldarbeiter sieht, so weiß er nicht, ob Ihr Puck oder Titania seid!“, sagte der hübsche junge Mann, der schon vor Judith erwacht war und sich soeben im Gebüsch erleichtert hatte.

„Ich wünsche Euch einen guten Morgen, Master Richard“, sagte Judith kühl.

Der erste Schauspieler sah umwerfend gut aus und die Frauen wurden toll, wenn er auftrat. Judith aber kannte seine Veranlagung zu gut und wenn er zu ihr kam, so war es gewöhnlich, um sich zu beschweren.

„Was kann ich für Euch tun?“, fragte sie gottergeben.

„Adam ist empört. Ihr wollt ihm in der Hochzeitsszene das Weiße nicht geben.“

Natürlich. Wieder einmal Adam. Da Judiths Vater als Prinzipal der einzige Mann mit Familie in der Truppe war, unterstanden die Knabenschauspieler seiner Obhut, aber Richard war der beliebteste Darsteller des Ensembles und wusste es. Edmund Hilliard konnte es sich nicht leisten, ihn zu verlieren und drückte mindestens immer ein Auge zu. Judith wusste nicht, wie weit Richards Leidenschaft für die jugendliche Primadonna Adam ging, und sie wollte es auch nicht zu genau wissen.

Sie hatte ihren Vater einmal zu ihrer Mutter sagen hören: „Wenigstens kann Adam selbst für sich sorgen. Dreist und gewitzt genug ist er für seine dreizehn Jahre. Wenn es Tom wäre oder Cecil … ob Lord Vernons Beschluss richtig ist …?"

Lord Vernon war der Schutzherr der Truppe, von dem sie abhängig waren, denn ohne adeligen Schutzherrn durfte keine Truppe auftreten. Der Lord kam gleich nach Gottvater, ihn durfte man nie erzürnen, wie erbost man auch sein mochte und wie töricht seine Willensäußerungen gelegentlich auch erscheinen mochten. Das war Klein-Judiths erste Lektion gewesen. Natürlich war die Truppe des Lords nicht so vornehm wie die des Grafen Leicester, der der große Shakespeare angehörte, und sie besaß auch kein eigenes Theater in London. Die Hilliard-Truppe musste vorerst durchs Land ziehen und spielen, wo es sich ergab: auf Marktplätzen, in Gasthöfen und Schlossgärten. Aber sie existierte.

Der junge Edmund Hilliard hatte seinerzeit den Ghismondo in Vernon Hall so hinreißend gespielt, dass Jenny, Lady Vernons Zofe, mit ihm durchgebrannt war. Natürlich ließ der Lord das seinen Schauspielern nicht durchgehen; aber er gab der christlichen Ehe nachträglich, wenn auch grollend, seinen Segen, da seine Frau ihn besänftigt hatte. Doch er machte seinen Leuten zur Bedingung, dass außer dem Prinzipal keiner von ihnen unter dem dreißigsten Lebensjahr heiraten durfte. Er wolle nicht auch noch ihre Familien ernähren, es genüge, wenn Jenny für sie koche, wasche und flicke. Ihre Küche komme billiger als die Gasthäuser, sagte die Lady. Und so führte Jenny ein armes und unruhiges Wanderleben, gebar Edmund zwei überlebende Kinder und versorgte die Familie und die Knabenschauspieler, zur Zeit vier, die ihrer Fürsorge anvertraut waren. Sie kochte für alle, das Waschen und den Einkauf überließ sie jedoch, da sie keine andere weibliche Hilfe als ihre Tochter Judith hatte, unerbittlich den Nebendarstellern.

Judith war immer mit den Ihren durchs Land gezogen. Von Kindheit an hatte sie gelernt, Pflichten zu übernehmen, doch die vornehmste, die heiß begehrte, war dem Mädchen versagt. Nur einmal hatte sie auf den Brettern gestanden, als Elfchen im „Sommernachtstraum“, als die Truppe zu wenig Knäblein hatte.

„Sie ist sieben Jahre alt!“, sagte ihr Vater zu der aufgeregten Jenny. „Sie ist doch keine Frau! Sie werden nicht einmal merken, dass sie ein Mädchen ist.“

Und so war es. Aber Judith hatte den vierten Elf nie vergessen. Einmal hatte sie zwei Schauspieler reden hören: „Ein Jammer, dass Judith nicht ein Knabe ist. Die könnte es weit bringen für sich und uns!“

Es war richtig. James, ihr etwas älterer Bruder, war kein großer Tragöde, aber ein guter jugendlicher Komiker, in manchen Rollen vortrefflich. Er spielte am liebsten die Narren und Clowns und war auf diese Art nicht minder Publikumsliebling als der draufgängerische Richard. Heute sollte er den „Hortensio“ in der „Widerspenstigen Zähmung“ spielen. Edmund Hilliard hatte nur ein älteres Stück Shakespeares rechtmäßig erworben, das zum festen Repertoire der Truppe gehörte: „Die beiden Veroneser“. Eine Kopie der „Widerspenstigen“ und eine des „Sommernachtstraums“ hatte ein ehemaliger Angehöriger des Burbage-Theaters Hilliard besorgt, um sich an der Shakespearetruppe, die ihn entlassen hatte, zu rächen und Vernon, der ihn aufnahm, gleichzeitig zu danken, doch mit vierundzwanzig Jahren war er von Lord Vernons Truppe fortgegangen, um seine Angebetete zu heiraten. Doch wenn sie auch alle Königstragödien des Meisters zur Verfügung gehabt hätten, so hätte die Hilliard-Truppe nie genug Mitwirkende gehabt, um sie aufführen zu können.

Heute sollte die „Widerspenstige“ gespielt werden, eine Komödie, die Judith nicht sonderlich gefiel, die das breite Publikum jedoch mochte. Ihr Vater spielte den Baptista, wie er alle Vaterrollen spielte. Für den Vincentio hatten sie Ben Hayes, den zweiten älteren Mann, dessen Frau kürzlich gestorben war und nun den anderen Frauen fehlte. Den Petruchio stellte natürlich Richard dar und Matthew Berkeley, der zweite Liebhaber, den Lucentio. Judith wusste, dass sie ihn früher oder später wohl heiraten würde. Im kommenden Jahr, ihrem achtzehnten Sommer, wurde dies unvermeidlich. Es verlangte sie jedoch nicht sonderlich nach dem Ehestand in einer Welt, in der das Publikum Katharinas Demütigung frenetisch beklatschte und Ehe vor allem lästige Schwangerschaftsbeschwerden und Kinderkrankheiten bedeutete, die geborgene Bürgerfrauen leichter ertrugen als Wanderbühnenschaffende.

James also spielte den Hortensio. Mortimer, der zweite Komiker, der sich vergebens nach tragischen Rollen sehnte, den Tranio – er war noch jung, leidenschaftlich und rührend bemüht. Henry, der Heldendarsteller, gab jetzt nur den Grumio. Die anderen sechs waren Anfänger, denen die unangenehmsten Aufgaben hinter der Szene zufielen.

Dazu kamen die Knabenschauspieler: Adam, vorwitzig und vorlaut, dessen Begabung die der beiden anderen weit hinter sich ließ und der zu Recht die Heldinnen spielte. Der muntere und ehrgeizige Cecil, Tom, der mädchenhaft schöne Darsteller der zweiten Liebhaberinnen und der äußerst dürftig begabte John, der auch bei bestem Willen und vollem Einsatz nie über Nebenrollen hinauskommen würde.

Und nun trug Richard wieder einmal Adams Beschwerden vor.

„Kann er nicht selbst zu mir kommen? Das Weiße bekommt Bianca bei ihrer Hochzeit. Weiß passt nicht zu Katharina."

„Aber Katharina ist die erste Braut und Adam die erste Schauspielerin."

„Ihr misshandelt sie als Petruchio. Das Kleid wird schon vor der von Grumio geschilderten Hochzeitsreise wie ein Fetzen aussehen. Katharina bekommt das Rote."

„Sie kann nicht nur in einem Kostüm auftreten. Das Rote, das Weiße zur Hochzeit und das Goldene."

„Wir sind nicht das Burbage-Theater in London! Das Goldene ist für Prinzessinnen bestimmt. Bianca trägt das Blaue und das Weiße. Das Goldene ist die Robe, die Katharina gezeigt, doch vorenthalten wird, meinetwegen kann sie noch das Grüne tragen. Rot und Grün. Sagt das Adam. Ich bin es ja, die alles wieder ausbessern, reinigen und glätten muss.“

„Mylady“, sagte Richard, „wisst Ihr, warum Ihr so giftig seid? Ihr würdet selbst gern die Katharina spielen!“

Nicht die Katharina, dachte Judith betroffen, *aber …!* Laut sagte sie: „Ich kann nicht mehr für Adam tun, als ihm mein bestes Kleid geben!“ Und ärgerlich begann sie ihr Haar in feste Zöpfe zu flechten. Sie war die Herrin des Fundus, wenn man den spärlichen Bestand so nennen konnte, und nur Gott wusste, wie viel Mühe und Arbeit darin steckte. Schon ein einziger Regenguss auf der Freilichtbühne konnte die Kostüme gänzlich verderben. Für die Männer, die ihre eigene Kleidung auf der Bühne trugen, gab es nur verschiedenfarbige Umhänge, die sich antik, mittelalterlich oder zeitgemäß drapieren ließen.

Der Damenfundus war nicht umfangreich. Sein Prunkstück war das „Goldene“, ein veraltetes Brokatkleid der Lady Vernon, das den Prinzessinnen vorbehalten war und Hippolyta, Silvia, Delia, Eleonore und anderen Majestäten diente. Dann gab es das Weiße für unschuldige Nonnen und Bräute, das Scharlachrote für temperamentvollere Frauen und ein schlichtes Himmelblaues mit kleinem Kelchkragen für junge Mädchen; sowie zwei Kleider in Schwarz und Violett für Matronen und Witwen und zwei missfarbene Rupfenkleider für Mägde. Das war alles. Genügte es nicht, wie heute, so stellte Judith seufzend ihr bestes Kleid zur Verfügung, das so grün wie ihre Augen war und mit Soutache abgeschnürte Puffärmel besaß. Wie alle Kleider war es hochgeschlossen, da die Knaben kein liebliches Dekolleté vorzuweisen hatten, und alle Kleider entsprachen mehr oder weniger der elisabethanischen Zeitmode.

Der Fundus aber war nur eine Aufgabe der theaterbesessenen Judith. Während der Sommerzeit – und so auch heute – arbeitete sie als Souffleuse und sie kannte, da ihr Gedächtnis vorzüglich war, alle Stücke auswendig. Im Winter genoss sie flackernde Kamine in Vernon Hall und die große Bibliothek des Schlosses, wo sie ihrem Vater half, neue Stoffe für die Stücke zu finden, die sie sich schrieben. Judith wusste, dass sie auch in reiferem Alter dem großen Shakespeare keine Konkurrenz machen würde, aber vor zwei Jahren hatte sie mithilfe ihres Vaters ein äußerst erfolgreiches Kriminalstück nach einem authentischen Fall verfasst: „Arden of Feversham" – und Adam brillierte noch immer in der Rolle der mörderischen Alice.

Judith hatte ihren Vater gedrängt, das Stück unter seinem Namen drucken zu lassen, aber er hatte abgelehnt. „Du hast fast alles geschrieben Judith. Ich schmücke nicht meinen Namen durch dein Werk", und er fügte hinzu: „Man wird nie den Verfasser ermitteln. Ach, mein Kind, du hättest ein Knabe sein sollen!"

Judith ging zum Wagen zurück und entnahm dem kleinen Holzkasten, der ihre irdische Habe enthielt, einige Nadeln, mit denen sie ihre Zöpfe kompromisslos hochsteckte.

„Warum hast du Männerkleider angelegt, obgleich wir in die Stadt fahren?", fragte ihre Mutter verschlafen.

„Ich ziehe mich im Wagen später um", erwiderte Judith. „Wir haben noch etliche Meilen." Sie bedeckte Haar und Oberkörper mit einer Kapuzenpelerine, die einst zu einem Narrenkostüm gehört hatte. In den Städten trug Judith Frauenkleidung, um nicht Ärgernis zu erregen und die Kirche gegen sich aufzubringen. Doch bei den Fahrten über Land zog sie Männerkleidung vor, die sie vor der Gier Fremder schützte und ihr erlaubte, bequem ihre Eselin Griselda zu reiten, statt auf dem holpernden Wagen ihrer Mutter zu sitzen.

Als der Marktflecken in Sicht kam, zügelte Judith ihr Tier, stieg ab und schlüpfte unter die Plane, wo sie ein bräunliches Miederkleid anzog, das notfalls auch als Kostüm einer dritten oder vierten Magd dienen musste. Weder Mieder noch Hemd hatten die übliche starre Halskrause, die Judith nicht einmal im Winter gerne trug, da sie sie hinderte, ihr schönes Haar herabfallen zu lassen. Sie flocht es nun zu einem langen Zopf. Mittlerweile waren sie angekommen. Auf dem Marktplatz schlugen die Männer die Bühne auf. Die Knaben warben beim Publikum für den Besuch der Vorstellung: Cecil schlug Rad, Adam zeigte sich schon im zerrissenen Fetzenkleid der Katharina. Da er sein dunkles Haar wie einige Höflinge der Königin in Locken bis auf die Brust fallend trug, hielten einige der Leute ihn für ein Mädchen und lachten erleichtert, als er den Hosenschlitz öffnete und sie mit handgreiflichen Obszönitäten über sein Geschlecht aufklärte.

Judith beachtete diesen Unsinn nicht. Im Erker eines Hauses, dessen Einbeziehung ins Spiel der Besitzer ihnen gestattete, hängte sie die Kostüme griffbereit auf und packte die Perücken aus. Sie besaßen vier Damenperücken in Blond, Schwarz, Rot und Grau, alle hoch toupiert, um über die spanischen Krausen zu passen. Die blonde stellte Judith für Bianca bereit, die rote für Cecil als Witwe, sie passte zu seinem violetten Kleid. Dürfte ich Titania spielen, dachte Judith, so müsste die Königin der Elfen nicht dieses dumme blonde Ding aus toten Haaren aufsetzen! Eigentlich hatte sie in der Morgenfrühe auf der Waldlichtung den Monolog der Helena rezitieren wollen, ohne anderes Publikum als Vögel und Eichhörnchen, doch bei einer Schauspielertruppe war man nie allein, und Richard hatte ihre Pläne durchkreuzt. Nachdem sie Katharinas Requisiten für den ersten Akt auf den Holztisch gesetzt hatte, nahm sie das Manuskript, das sie kaum noch benötigte, und stieg treppab. Unter dem Gerüst hatte man ihr einen Verschlag gezimmert, in dem sie soufflieren konnte, ohne gesehen zu werden.

Trompetenstöße kündeten den Beginn des Spiels. Sie hörte Matthew und Mortimer die ersten Sätze sagen. Das war immer das Schwerste, die Aufmerksamkeit der „Gründlinge“ und ein bescheidenes Ausmaß an Ruhe zu erringen. Aber der Lärmpegel verebbte erst, als Adam in Judiths grünem Kleid in den Erker trat und zeternd eine Tonscherbe den Freiern der Bianca auf die Köpfe warf. Applaus lohnte die Aktion. Adam war so gut als Katharina, wie es ein dreizehnjähriger Junge nur sein konnte. Nach seinem Abgang nahmen die Gründlinge, wie die Schauspieler das Publikum auf den billigen Plätzen zu nennen pflegten, ihr Kartenspiel wieder auf. Und Judith bemitleidete Matthew und James, die mit Tom ihre besten Szenen hatten. Toms Engelsgesicht und seine klare Stimme prädestinierten ihn zum blonden Mädchendarsteller im blauen Kleid, aber er besaß kein Theaterblut, und wenn er sich und andere langweilte, konnte es Pfiffe und faule Früchte regnen.

Doch die Knabenschauspieler waren viel umworbene Kostbarkeiten, denen alle Prinzipale schmeichelten, weil sie auch dann unentbehrlich waren, wenn sie noch weniger Talent als Tom hatten. Man musste nehmen, was man kriegen konnte. Adam und Richard, die Protagonisten, begeisterten das Publikum. Für Judiths Begriffe übertrieb Adam beträchtlich, aber die einfachen Zuschauer auf diesem Marktplatz waren dafür dankbar.

Die Pause kam. Die Nebendarsteller verkauften mit Judith im Parkett Süßigkeiten. Man griff nach ihrer Brust, ihrem Hinterteil. Sie gab vor, es nicht zu bemerken und die unzüchtigen Redensarten zu überhören. Das gehörte dazu, seit sie Toms Alter erreicht hatte, und regte sie nicht sonderlich auf. Alles war wie immer, auch die Beschwerden.

„Musst du so brüllen, Judith? Man konnte dich bis in die fünfte Reihe hören!", warf James ihr vor.

„Unsinn, sie hörten ja euch kaum!", erwiderte sie „diese unruhige Bande."

„Für dieses laute Publikum habt Ihr viel zu leise eingesagt, Mistress Judith!", erregte sich Grumio, der zweimal hängengeblieben war. „Man hört von Euch keinen Ton! Lauter bitte, wenn die Gründlinge da unten Karten spielen und furzen!"

Nun schnaubte Richard heran.

„Du hast mir meine Pointe verdorben! Denkt Ihr, ein kleiner Schall betäubt mein Ohr? Das war eine Kunstpause!"

„Ich vermochte nichts anderes. Es war nicht Eure Schuld, aber auch nicht meine, dass Hortensio einen Teil des Textes übersprang! Ich musste Euch hörbar den Fortgang des Dialogs einsagen!"

„Kunstpause! Kunstpause! Weißt du überhaupt, was das ist, hirnloses Weib? Hundertmal habe ich es dir auf der Probe gesagt."

Er hatte es nie gesagt, aber Judith ließ den Ersten Liebhaber toben, ohne es persönlich zu nehmen. Sie wusste aus Erfahrung, dass sie immer zu laut, zu leise, zu schnell oder zu langsam war – mithin an allem prinzipiell schuld. So waren sie nun einmal. Den Ruhm heimsten sie allein ein, wenn der Applaus donnerte.

„Hört auf", unterbrach sie ungerührt Richards Ausbruch, „schaut lieber gen Himmel und betet, dass wir nicht gewaschen werden. Wenn diese Wolken da oben brechen, sind nicht nur die Kostüme und Perücken dahin, dann laufen euch auch die Leute davon, ehe ihr mit euren Hüten sammeln könnt. Ihr hättet dies in der Pause tun sollen."

Das brachte Richard zum Schweigen.

„Wenn wir abbrechen müssen, geben uns die Leute keinen Penny?", murmelte Matthew. „Also schnell weiter!"

„Glaubt nicht, dass ich Euch das vergesse, Judith!", drohte Richard. Sie zuckte die Schultern und lief hinter ihre Bretterwand.

Er vergaß auch nicht. Er rächte sich, indem er in der Schneiderszene in seiner Rolle als Petruchio das Goldkleid roh misshandelte. Nicht Petruchio tat dies, um Katharina zu ärgern, sondern Richard schleifte den Brokat auf dem Boden, trat darauf herum und riss an den Spitzen, damit Judith das Kleid wieder reinigen und flicken musste. Adam – Katharina – war echt erschüttert, ihn schüchterte der Wutausbruch sichtlich ein, und überzeugend kleinlaut behauptete er, der Mond sei die Sonne und der Greis eine Jungfrau. Zu diesem Zeitpunkt war das Gewitter vorbeigezogen. Der Himmel hatte ein Einsehen – und auch Judith. Sie hatte sich vorgenommen, beim nächsten Mal Richard hängen zu lassen, aber solch unprofessionelle Rache schadete der ganzen Vorstellung.

Katharinas Schlussrede.

„Pfui, pfui, entglätte diese Runzelstirn ..."

Weibliche Erniedrigung, vom Publikum johlend beklatscht, zumindest vom männlichen Teil.

„Dein Ehemann ist dein Herr, ist dein Erhalter ..." –

Ich brauche keinen, ich erhalte mich selbst mühsam genug unter diesen mondsüchtigen Tollhäuslern, denen ich nichts recht machen kann … Ich würde die Katharina anders spielen, ganz anders … komödiantisch und nicht gebrochen – nur scheingezähmt … Dürfte ich nur mehr als Kostüme flicken und Text einsagen …

Applaus. Die „Widerspenstige" war immer publikumswirksam. Dann der Erker. Perücken kämmen.

„Könnt ihr die Kleider nicht *einmal* ordentlich abgeben, statt sie wie Lumpen fallen zu lassen, wo ihr gerade steht?", herrschte sie Cecil an und bereute es sogleich. Der Junge hatte seine Sache gut gemacht und in der kleinen Rolle als Witwe Szenenapplaus bekommen. Er war viel begabter als Tom und hätte größere Rollen verdient als die Witwe. Ihr eigentlicher Ärger galt Adam und Tom.

„Sage Adam, er soll übermorgen das blaue Kostüm als Julia wieder genauso tragen, wie Tom es heute weggeworfen hat!" sagte sie erzürnt und wusste doch, dass sie das blaue Kleid noch heute Abend plätten und das misshandelte Goldkleid in Ordnung bringen würde, das der an Richards Gemeinheiten unschuldige Tom in Stoke als Prinzessin tragen musste.

Von unten erscholl Hämmern. Die Männer bauten die Bühne ab. Ihre Eltern zählten die Einnahmen, Judith bügelte in einem fremden Keller bei Kerzenlicht das Blaue und entfernte den Rotweinflecken aus Biancas weißem Brautkleid, der vielleicht nicht einmal von Tom verschuldet war.

Die Sterne glänzten schon am Nachthimmel, als die Schauspieler endlich ihre gelungene Vorstellung feiern und im „Blauen Hecht“ bei Schweinernem und Kraut ihren Hunger stillen konnten.

Judith nahm in der Schankstube die Blicke wahr, die sie und ihre Mutter trafen. *Sie denken, dass ich die Hure der ganzen Truppe bin,* dachte sie, und zog sich so früh wie möglich zurück, um Zudringlichkeiten auszuweichen. *Nur ein Schauspieler kann mein Mann werden … Matthew würde mich nehmen, vielleicht auch Mortimer … Immerhin bin ich die Tochter des Prinzipals.*

Am Morgen ritt sie wieder in Männerkleidung auf Griselda. In den Rastpausen wurde geprobt und Text memoriert. In Stoke waren „Die beiden Veroneser“ angesetzt; die Komödie war fester Bestandteil des Repertoires, die Texte saßen noch ausgezeichnet, die Souffleuse erübrigte sich fast.

Das Wetter hatte sich gebessert, der Septembertag war mild und sonnig und alle gut gelaunt, auch Judith, obgleich sie das Goldkleid der Prinzessin mühsam flicken musste.

„Und denke an die Textänderung!“, schärfte sie Adam ein. Sie meinte den Monolog, in dem Julia ihr blondes Haar mit dem brünetten der Prinzessin Silvia vergleicht. „Du bist keine Blondine. Und du, Tom, trägst als Silvia die schwarze Perücke, damit du dunkler als Julia bist. Betritt ja nicht in der blonden die Bretter.“

„Silvias Haar ist nicht schwarz, sondern nussbraun“, murrte Tom. „Schwarz steht mir nicht.“

„Das ist gleichgültig. Wir haben keine nussbraune Perücke, denn …“

„… wir sind nicht das Burbage-Theater!“, vollendeten die Knaben im Chor Judiths Lieblingsspruch.

„Darf ich die blonde Perücke tragen?“, bettelte Cecil.

„Es ist eine Damenperücke. Deine Lucetta ist nur eine Magd. Du bekommst einen falschen Zopf in deiner Naturhaarfarbe wie in Wiltshire.“

Cecil schmollte. Die Knaben waren eitler als Mädchen. Judith nahm den Unmut nicht ernster, als er es verdiente. Sie lachte und war nicht vorbereitet auf das Unglück, das die Truppe traf, als sie nachts in einem Walde rasteten.

Der Mischlingshund Lonz bellte rasend. Sein Bellen und Schüsse weckten Judith und ihre Mutter. Sie steckte den Kopf aus der Plane.

„Was geschieht?“

„Verbannte! Gesetzlose! Bleib im Wagen!“, schrie James.

„Jesus! Sie wollen unsere Pferde und unsere Einnahmen!“, rief ihre Mutter. „Zieh auf der Stelle deine Männerkleider an! Wenn sie eine Jungfrau im Hemd vorfinden …!“

Judith fuhr in die Beinkleider, die Mutter flocht und nestelte mit fliegenden Fingern an ihren Haaren. Doch schnell beruhigten sich die Schüsse. James öffnete die Plane.

„Sie sind fort. Sie dachten nicht, dass auch wir Schusswaffen besitzen und gebrauchen. Doch du musst kommen, Mutter.“

Jenny griff nach Salben und Linnen. Judith blickte in das bleiche Gesicht ihres Bruders.

„Wer ist verletzt? Doch nicht Vater?“

„Adam“ sagte James kurz.

„Adam? Aber wie kann der Knabe …?“

„Bei Gott!“, rief James. „Die Neugier trieb ihn! Konnte ich ahnen, dass er vom Wagen springt? Schnell Mutter, versorge seine Wunden, wir müssen fort, sie könnten mit Verstärkung zurückkommen …“

Soeben trug Richard den Knaben in den Wagen der Frauen. Er war tief bekümmert.

„Er ist ohne Bewusstsein, Mistress.“

„Wir müssen fort!“ James verschwand.

„Was ist ihm geschehen?“, fragte Richard angstvoll.

Jenny wusch das Blut vom Gesicht des Knaben.

„Lasst ihn ruhig liegen. Hilf mir, Judith, ihn zu bandagieren.“

„Haben sie ihm den Schädel zertrümmert?“, stöhnte Richard.

„Nein, aber seine Ohnmacht kann ernste Folgen haben“, sagte Jenny. „Solche Kopfverletzungen – wie konnte er nur?“

Das weißt du nicht?, dachte Judith traurig. Ein Dreizehnjähriger, der beständig sein Geschlecht verleugnen muss – immer Frauenkleider trägt – und sich selbst dies eine Mal seine Männlichkeit bestätigen muss.

„Er ist mit einem unserer Degen auf die Burschen losgestürmt“, sagte Richard.

„Die Phantasie beflügelte ihn“, murmelte Judith.

„Steigt auf unseren Wagen, Richard!“, befahl Jenny.

„Nicht zu fassen! Mit stumpfem Theaterdegen wider die Gesetzlosen! Er hat auch einige andere Stichwunden – da, seht diese große an der Schulter. Gib mir den Branntwein, Judith. Worauf wartet Ihr noch, Richard? Wir brechen auf."

„Kann er morgen spielen?", fragte dieser.

„Fragt lieber, ob er am Leben bleibt. Seht Ihr nicht, wie er blutet? Laken, mein Kind."

Jenny bettete den Knaben behutsam wieder auf ihr Bettzeug, zog sein Hemd herab und reinigte die Schulterwunde. Ein Ruck, und die von James gelenkten Pferde zogen an.

In der Nähe eines Dorfes waren sie außer Gefahr und wagten zu halten. Der Vater trat heran.

„Kann er morgen auftreten, Frau?"

„Unmöglich. Er ist noch jetzt bewusstlos."

„Sage James, er soll die Hauptdarsteller zusammenrufen, Kind."

Dies tat Judith.

„Was tun ohne Julia in Stoke?", fragte sie später die Mutter. Die zuckte die Achseln. „Aber wenn wir die Vorstellung absagen – denkt an die Einnahmen, Mutter! Wie sollen wir ohne Geld nach Vernon Hall kommen? Was wird der Lord sagen?"

„Dein Vater, Master Hayes, Richard, Matthew und dein Bruder werden darauf die Antwort finden."

Sie fanden sie. Bald kam Hilliard zurück. „Wir müssen umbesetzen. Die Vorstellung kann unmöglich ausfallen."

„Und wer soll die Julia spielen?"

„Cecil, wer sonst. Der Knabe ist nicht unbegabt. Geh in Bens Wagen, Judith, und trichtere ihm die

Rolle ein. Du kannst es besser als jeder andere. Er ist anstellig und hat ein gutes Gedächtnis. Tom behält die Silvia."

„Und Cecils Lucetta?"

„Muss John spielen."

„John! Der ist doch nur gut dazu, Programmzettel und Erfrischungen in der Pause zu verteilen! Er hat, um mit dem Schreiner Schnock zu sprechen, einen schwachen Kopf zum Lernen. Lasst mich die Zofe spielen, Vater!", rief Judith.

„Das ist unmöglich!", sagten beide Eltern aus einem Munde.

„Aber ich kann alle Rollen. Ich …"

„Du gehst unverzüglich zu Cecil und hilfst ihm bei der Julia. Ich werde jedes Wort und jeden Satz in Johns dicken Schädel pauken. Du musst ihm morgen die Rolle komplett einsagen. Komm, Tochter, wir haben keine Zeit mehr zu verlieren."

Der kleine John war entsetzt. Zwar schmeichelte es ihm, eine Rolle zu bekommen, in der er mehr als drei Sätze zu sagen hatte. Aber die Bedingungen, unter denen er sie zu erlernen hatte, hätten auch einen fähigeren Darsteller erschreckt. Der ehrgeizige Cecil erkannte sogleich seine Chance als Hauptdarstellerin, teilte aber dennoch Johns berechtigte Befürchtungen.

„Hier sind eure Rollen, Kinder!", sagte Hilliard. „Ich gebe euch für jeden Akt eine Stunde. Judith kann noch zwei Stunden schlafen, dann hört sie eure Rollen ab."

„Wird es ihnen gelingen?", fragte die Mutter, als Judith ihren Wagen wieder erkletterte.

„Es muss!“, entgegnete diese. „In Stoke zahlen die Leute, ehe sie den Gasthof betreten, sie sind nicht wie diese Bauern gestern, welche geben, wenn es ihnen gefiel oder sich vor der Zahlung drücken. Wir haben feste Eintrittspreise und können nicht abbrechen. Ist Adam noch immer nicht bei sich?“

„Er kam zu sich, ganz kurz“, erwiderte die Mutter. „Er kann sich jedoch an nichts erinnern, er erbrach sich und nun schläft er wieder. Wenn er seinen Text vergaß wie den Überfall … nun schlafe, Kind. Der morgige Tag wird hart für uns alle.“

Judith streckte sich in den Kleidern neben Adam aus. Die Mutter seufzte noch: „Der arme Richard war ganz aufgelöst vor Schmerz. Er liebt den Knaben wirklich. Wie soll er morgen die Hauptrolle spielen?“

„Als ein Mann“, sagte Judith, und ihre Lippen bildeten einen schmalen Strich. „Er wird hervorragend den Proteus spielen. Er hat das unschätzbare Privileg, ein Schauspieler zu sein.“

„Wie hart du sein kannst!“, tadelte Jenny. „Proteus – mit solcher Angst und Sorge!“

„Richards Angst und Sorge gehen das Publikum nichts an. Richard geht sie nichts an. Sie werden den Proteus sehen, schön, leichtfertig und treulos. Da Richard der Held der Truppe ist, soll er sich auch heldenhaft zeigen. Er genießt alle Rechte eines Mannes, nun soll er auch die Pflicht seines Geschlechtes erfüllen. Ich gestehe ihm keine Schwäche zu, Mutter, denn diese ist das einzige Vorrecht unseres Geschlechts! Und das Spiel muss stattfinden.“

Jenny schwieg und Judith entschlummerte.

Der gesunde Schlaf ihrer Jugend endete erst, als der Vater sie holte.

Sie hörte die Knaben mit ihren Rollen ab. Dass die Dame Julia in der Komödie die einzige Partnerin ihrer Zofe Lucetta ist, erleichterte zwar Judiths Aufgabe und verhalf ihrem Vater zum Schlaf, versprach aber wenig Gutes für die Vorstellung. Beide Schauspieler waren unsicher und brachten einander gegenseitig aus dem Text.

„In den anderen Akten können dir Proteus und die anderen helfen, Cecil, aber die Szenen mit Lucetta musst du allein durchstehen! Noch einmal: *Was befiehlt Euer Gnaden? Ist es bald Essenszeit?* So!“, sagte Judith schließlich. „Deine Monologe gehen schon recht gut, Cecil. Nun setze dich an die anderen Akte und John und ich gehen zu Ben und versuchen noch einmal die Lucetta.“

Sie waren gerade durch den Text durchgekommen, als der Vater erschien.

„Nun, geht es?“

„John gibt sich alle Mühe. Soeben ging es recht gut, mein Vater, weil ich die Julia mühelos beherrsche. Aber Cecil ist selber unsicher in seinem Part, was man ihm nicht verargen darf.“

„Wird es ihm gelingen?“

„Ich glaube, er wird die Julia spielen können, ohne allzu häufig zu stocken. Ich werde auch ihm die Lucetta-Szenen lückenlos einsagen. Aber er wird nur Text aufsagen, Vater, mehr dürfen wir unter diesen Umständen von ihm nicht verlangen. Wenn das Hirn angstvoll nach dem rechten Wort sucht, kann das Herz nicht die Rolle gestalten."

„Du bist ein erfahrenes Mädchen. Welch ein Schauspieler wärst du geworden! Du hättest es weiter gebracht als dein armer Vater. Nun lege dich wieder nieder. Lucetta beginnen wir noch einmal von vorn, Knabe. Also: *Nun sprich, Lucetta, jetzt sind wir allein, was rätst du mir, gebe ich der Liebe nach?*"

„*Ja, Fräulein – ja Fräulein – wenn …*"

„*Ja, Fräulein, wenn Ihr nicht bedachtlos strauchelt.* Nimm dich zusammen, Kerl!"

Lautlos entschlüpfte Judith.

Um vier Uhr morgens memorierten sie Julias Rolle im vierten Akt, um sechs Uhr den fünften. Sie gab sich alle Mühe, Cecil zu ermutigen. Er erging sich in Prahlereien, wie er Richard an die Wand spielen werde, doch Judith wusste nur zu gut, welch erbärmliches Lampenfieber ihr Schützling hatte.

Am hellen Tage kamen sie in die Stadt. Die Männer hämmerten und zimmerten im Gasthof. Es war wie immer.

Judith legte die blonde Perücke zurecht für Cecil und suchte nach einer Haube für die neue Lucetta.

„Was machst du hier?", fuhr der Vater sie an. „Geh und kümmere dich um John."

„Ich suche für ihn eine Haube. Der Zopf passt nicht zu seiner Haarfarbe."

„Darum kümmerst du dich!", herrschte Hilliard Tom an, der soeben vom Werben und Handzettelverteilen aus der Stadt zurückgekommen war. „Sorge du für eure Kostüme. Judith hat anderes zu tun, und meine Frau pflegt den Adam."

„Wo ist John?", fragte sie.

„In der Kirche. Hör ihn noch einmal ab und bist du fertig, nimm dir Cecil vor."

Sie sprang leichtfüßig treppab. Die Aufregung verscheuchte alle Müdigkeit. Noch war sie nicht aus den Männerkleidern gekommen. Wie immer, wenn sie diese trug, nahmen ihr Gang und ihre Bewegungen unwillkürlich eine herausfordernde, schlaksige Knabenhaftigkeit an. Die in der Schankstube und auf der Straße gönnten ihr keinen Blick, nur eine junge Magd, mit welcher sie fast zusammenstieß, rief lachend: „Wohin so geschwind, Kleiner?"

Keiner vermutet in mir ein Mädchen, dachte Judith, *aber sie sind alle mit sich beschäftigt. Ich sollte künftig in den Pausen Männerkleidung tragen, dann würden sie hoffentlich aufhören zu grapschen!*

John saß in der Kirche und flüsterte Verse. Unbeteiligte glaubten, er bete, und dies tat er auch zwischendurch. Judith schleppte ihn in ein leeres Seitenschiff. Sie taten, als beteten sie, während sie recht lockere Verse sprachen. Die Julia-Monologe übersprang Judith, obgleich sie sonst solche nur zu gerne rezitierte.

„Du schaffst es!", sagte sie. „Weiter so. Wo ist Cecil?"

Das wusste John nicht, sie ging zurück in die Gaststube. Dort war keiner von ihren Leuten.

„Der kleine Dunkelblonde? Der war hier." Man lachte. Warum nur? „Vor knapp einer Stunde. Und zog ab mit einer großen Flasche."

Zuerst dachte Judith nur: *Der kleine Aschblonde, sie haben recht, Cecil ist viel kleiner als Adam. Wer kürzt nun noch vor Vorstellungsbeginn den Saum des blauen Kleides? Mutter?* Dann erfasste ihr Hirn das Wort „Flasche".

Sie stürzte in den Raum, den die Schauspieler gemietet hatten, ohne anzuklopfen. Sie saßen alle noch beim Essen im Garten des Wirtshauses. Nur James war da. Er hatte sich beim Nageln den Daumen verletzt und suchte Verbandszeug.

„Wo ist Cecil?", fragte Judith mit wildem Blick.

„Hier nicht, wie du siehst."

„Wann sahst du ihn zuletzt?"

„Vor einer guten Stunde. Er wollte sich in unseren Wagen zurückziehen und die Julia memorieren. Wenn du mich fragst, Schwester: Der Kleine nimmt das Maul gewaltig voll, aber seine Hosen sind noch voller!"

„Unser Wagen" hörte Judith nur. Das war der Wagen, den Vater und James bewohnten. Als Kind hatte Judith mit James darin geschlafen und die Eltern in dem Wagen der Mutter, den diese jetzt mit Judith teilte. Seit die beiden Geschwister der Kindheit entwachsen waren, entsagten die in tausend Mühen vorzeitig gealterten Eltern ehelichen Freuden, was ihre innige Verbundenheit nicht trübte.

„Trug er eine Flasche unter dem Arm?"

„Wenn ja, so verbarg er sie geschickt vor mir. He, was soll das bedeuten?" James starrte seine Schwester misstrauisch an. „Du meinst doch nicht …"

Beide setzten sich in Bewegung.

Als sie den Wagen erreichten, sagte ihnen der Branntweinduft alles. James hob die leere Flasche hoch und schleuderte sie wütend hinaus. Judith warf sich über den schlafenden Knaben und zerrte an ihm.

„Cecil, süßer Cecil! Erwache!" Sie tätschelte seine Wangen.

„Erwache, süßer Cecil!", spottete James. „Er ist nicht Romeo, der Montague. Steh auf, du besoffenes Schwein! In zwanzig Minuten beginnt die Vorstellung!"

„Er hatte Angst", flüsterte Judith. „Er wollte sich Mut antrinken!"

„Was sonst, Eure schwesterliche Weisheit? Die Waschschüssel her!"

„Hier, aber ertränke ihn nicht!"

„Ertränken ist viel zu gut für ihn! Vierteilen möchte ich diese Memme!" James drückte Cecil den Kopf unter das Wasser.

Der prustete und lallte: „*Was an Silvia mag es sein, was die Schäfer sämtlich loben …*"

James schlug ihm rechts und links ins Gesicht. Cecil lachte nur.

„*Sie war einst schöner, Fräulein, als sie ist, als sie noch glaubte, dass mein Herr sie liebe!*", zitierte er mit einer wackeligen Verbeugung vor Judith.

„Reiße dich zusammen, besoffener Narr!", schrie James.

„*Wer schwindlig ist, der denkt, die Welt geht rund!*", kicherte Cecil. James ließ sein Hemd so jäh los, dass Cecil dumpf auf seine Kissen fiel.

„Sinnlos", sagte er und wischte sich das Gesicht.

„Julia, Witwe – er wirft alle seine Rollen durcheinander. Der Hof füllt sich schon. Die Leute werden ihr

Geld zurück wollen. Wie wir es zurückerstatten sollen, ohne dass sie sich wie eine Rinderherde in Panik aufführen, weiß ich nicht."

„Wenn wir ein anderes Stück …"

„Und welches? Wir haben weder Katharina noch Witwe, weder Julia noch Lucetta weder – ach, lass es. Wie soll Vater den Gründlingen da draußen erklären, dass wir die Vorstellung absagen?"

„Der Überfall …"

„Der ereignete sich gestern Abend. Man weiß, dass er kein Hinderungsgrund ist. Wenn der Gastwirt erzählt, dass die Vorstellung ausfällt, weil die Liebhaberin sinnlos betrunken im Stroh liegt …"

„Sie wird nicht ausfallen. Auf, führe Lonz zum Rinnstein, dass er sich in der Vorstellung manierlich benimmt! Ich spiele die Julia."

„Du? Du bist von Sinnen!"

„Im Gegenteil. Das ist er!" Sie deutete auf Cecil. „Ich kann die Rolle in- und auswendig. Seit Mitternacht memoriere ich sie mit dem da!"

„Eine Frau? Das ist gegen das Gesetz! Sie legen uns alle in Ketten!"

„Sie merken es nicht, verlass dich drauf."

„Aber du bist ein Mädchen!"

„Das ist auch Julia, eure brüderliche Weisheit!"

„Du weißt, was ich meine! Wenn die Kirche das herausfindet, wirst du verscharrt wie ein Hund ohne christliches Begräbnis!"

„Das ist noch lange hin, hoffe ich." Sie griff nach einem Apfel, um sich vor der Vorstellung zu stärken, so gut sie es vermochte.

„Wenn du spielst, bist du Freiwild! Sie scheren dir die Haare und reißen dir die Kleider vom Leib. Und wenn Seine Lordschaft erfährt …“

„Von wem soll er’s erfahren? Sie merken es nicht. Den ganzen Morgen lief ich so herum“, sie schlug sich auf die Schenkel. „Und nicht einmal die Wirtsleute vermuteten das Mädchen. Sie werden mich so wenig erkennen wie die Veroneser Julia. Zwei Akte lang ist sie eine Hosenrolle. Ich habe mein ganzes Leben unter Männern verbracht und weiß, wie sie gehen und sprechen. Genug, ich kleide mich an. Sag Mutter nichts davon, ehe die Vorstellung vorbei ist.“

„Und Vater?“

„Das entscheide du. Und kannst du es nicht verschweigen und er bringt die gleichen Einwände wie du, so sage ihm:

Sei du beschämt, dass ich genötigt war,
Unsittsam mich zu kleiden, wenn Verkleidung
Aus Liebe Schande macht.
Weit wen'ger Unanständigkeit ist drin,
Wenn's Weib ein Kleid tauscht, als der Mann den Sinn.“

„Rezitiere nicht Julia!“, rief James ärgerlich. „Du trägst nicht nur Männerkleider, du spielst auch noch auf der Bühne mit beiden Geschlechtern in dieser halben Hosenrolle!“

„*Komm, nichts erwidere, ans Werk im Flug! Zur Qual ist mir der mindeste Verzug!*“, rief Judith mit vollem Munde die Julia-Verse und enteilte.

In Windeseile zog sie ihr grünes Kleid an. Es passte besser als das Blaue und führte unter den Schauspielern nicht zu Fragen. In die Korsage steckte sie zwei Niestücher, damit ihr Busen ausgestopft wirken sollte, und glättete ihr fest am Hinterkopf aufgestecktes Naturhaar. Blond? Eher goldbraun, doch „dunkelblond“ ging als Textänderung durch. Die Schauspieler, die in die Garderobe schlenderten, dachten nur, sie habe sich weiblich gekleidet für das Stadtpublikum. Gut, dass sie den von Adam herabgetretenen Saum gleich wieder angenäht hatte!

„Respektabel seht Ihr aus, schöne Dame!“, sagte Richard. „Wo ist Cecil!?“

„Der lernt noch seine Rolle. Bangt nicht. Ich sorge, dass Julia pünktlich auf der Bühne ist!“

Die Trompeten erklangen.

„Ist Cecil bereit?“, fragte ihr ahnungsloser Vater. Sie öffnete den Mund und schloss ihn sogleich wieder. Besser, er konnte dem Lord später aufrichtig sagen, er habe nichts gewusst.

„Komm mit!“, flüsterte sie dem „Ersten Räuber“ zu und zog ihn in den Bretterverschlag.

„Was erwartet Ihr von mir, Mistress?“, fragte dieser verwirrt und geschmeichelt. „Habt Ihr Euch für mich so liebreizend geschmückt?“

„Schweig!“, flüsterte sie.

Richard als Proteus und Matthew als Valentin waren schon aufgetreten. Sie soufflierte und suchte dabei die verliebten Attacken des „Räubers“ abzuwehren, der die Situation gründlich missverstand. Das Publikum war ruhiger und ehrenwerter als vorgestern, aber noch immer geräuschvoll genug. Mortimer als „Sput“ erntete viel Gelächter. Als ihm freundlicher Applaus lohnte, drückte sie dem „Räuber" das Manuskript in die Hand.

„Mach weiter. Ich kann nicht …" Fort war sie.

„Ein jähes Unwohlsein oder dringendes Bedürfnis?", wunderte er sich. Das hatte sie noch nie getan, sie war die Zuverlässigkeit in Person.

Schon war sie oben, hinter einem Vorsprung bei John.

„Wo ist Cecil?", flüsterte er angstvoll.

„Er schafft es nicht. Ich spiele die Julia!"

Schon trat sie hinaus ins Sonnenlicht, vor die unzähligen Augen. John folgte ihr ermutigt und getröstet. Von Mistress Judith bekam er wenigstens die richtigen Stichworte. Wenn sie die Julia spielte, würde seine Lucetta vielleicht doch gelingen.

> *„Nun sprich, Lucetta, jetzt sind wir allein,*
> *Was rätst du mir, geb ich der Liebe nach?"*

Heilige Maria – wie konnte ich nur, welcher Teufel ritt mich? Welcher Zuschauer hält mich für einen Knaben?

> *„Ja, Fräulein, wenn Ihr nicht bedachtlos strauchelt"*, stotterte John.

> *„Und unter all den hübschen jungen Herrn,*
> *Die täglich mich umlagern im Gespräch,*
> *Wer, meinst du, ist der Liebenswürdigste?"*

Sie durfte an nichts anderes denken, als dem hilflosen Lucetta-Darsteller die Stichworte präzise zu liefern. Und plötzlich war sie allein mit einer ganz weiblichen

Lucetta. Nicht auf der Bretterbühne eines Gasthofes, sondern in einem lombardischen Garten, und das leichte komödiantische Spiel um Liebe und mädchenhafte Scheu begann. Das Publikum hielt den Atem an. Sie dachten nicht darüber nach, ob dieses ephebische Wesen ein Mädchen oder ein Knabe war – sie sahen Julia, eine kapriziöse veronesische Edeldame, die sich ihre keimende Liebe zu dem attraktiven Proteus nicht eingestehen wollte.

Jubelnder Applaus. Sie trat ab von der Szene. Der erstarrte Vater fasste sie am Arm.

„Kind …"

„Es musste sein, Vater. Außer mir gibt es keine Julia. Cecil ist voll wie ein Weinschlauch."

Richard spielte auf der Bühne mit Ben. Man merkte, wie wütend er war, und dass Ben unter Schock stand.

Der zweite Akt kam, der fürstliche Hof. Judith hatte ihren entgeisterten Souffleur längst wieder abgelöst. Erst gegen Ende des Aufzuges betrat sie wieder ihren italienischen Garten. Schon bei ihrem Auftritt begrüßte sie begeisterter Applaus. Lucetta hielt sich tapfer. Die Nähe Judiths, die ihm unbemerkt einhelfen konnte, gab John Sicherheit. Nun kam eine gefährliche Textstelle: Julias geplante Männerverkleidung.

„Fräulein, von welchem Schnitt wünscht Ihr die Hose?"

Die Leute belachten arglos den Witz mit dem Hosenlatz. Sie hatten Judith nie zuvor in Frauenkleidern gesehen. Während der herzogliche Hof wieder erschien, zwängte Judith ihr Haar unter ein Barett und zog eilig die braunseidene Pagentracht an. Die Angst kam wieder. Die Menschen sahen bisher in ihr einen Knaben, weil sie einen Knaben erwartet hatten – nun aber mussten sie doch sehen, dass sie ein falscher Mann war! Ihr Wagemut zur Männlichkeit hatte sich mit dem Julias vereint, und sie hatte dreist ihre Rolle gespielt – aber nun?

Unterdessen amüsierte John als Lonz mit seinem Mischlingshund, den er nach seiner Rolle genannt und hervorragend dressiert hatte, das Publikum königlich.

Der vierte Akt. Das Ständchen.

„Was an Silvia mag es sein,
Was die Schäfer sämtlich loben ...?"

Die Nebendarsteller sangen hübsch. Judith hielt sich tunlichst im Hintergrund, aber im Gespräch mit dem Wirt musste sie vortreten. Es war ein reizender und komischer Dialog zwischen dem verliebten Mädchenknaben und dem Musik liebenden Wirt, der gut bei den Zuschauern ankam.

Wie immer, wenn Judith die Bühne betrat, herrschte angespannteste Aufmerksamkeit. Trotz seiner Verärgerung war Richard zu professionell, um in der folgenden Szene mit der unerkannten Julia nicht sein Bestes zu geben. Beide waren Publikumslieblinge ebenso wie Lonz und natürlich sein Hund, die das Liebespaar wieder ablösten.

Nach dem Zwischenspiel und einem weiteren Auftritt des Paares kam Silvia. Tom sah allerliebst aus in dem goldenen Kleid, und allein schon die Erscheinung der beiden Hauptdarstellerinnen wurde beklatscht.

Der Anblick des als Knabe verkleideten Mädchens und des als Mädchen verkleideten Knaben verwirrte die Zuschauer vollständig. Doch diese Aufhebung der Geschlechtergrenzen führte zu heiterer Gelöstheit – man wusste nicht, man rätselte, man gab sich lachend dem Augenblick hin. Judiths anmutiges, intelligentes und von Herzen kommendes Spiel riss den temperamentlosen Tom mit.

„Ihr seid wunderbar!“, flüsterte John. „Wunderbar, Mistress Judith!“

„Geh hinab! Geh und souffliere, gleich treten die Räuber auf!“, flüsterte Judith ihrer Lucetta zu.

Alle halfen ihr, nachdem Hilliard ihnen in der Pause die Situation erklärt hatte. Die Räuber schürten nochmals die dramatische Spannung. Versöhnung. Happy End. Der letzte, kurze Satzteil: „*Und ich die meinen.*“ Zu Ende. Nur die Männer hatten noch Text, aber Julia lag in Proteus Armen. Sie lächelte zur glücklichen Vereinigung des zweiten Paares und der Begnadigung der Räuber und sie war Gegenstand des letzten Dialogs, das ihr weibliches Geschlecht dem Herzog enthüllen sollte. – *Himmel! Was sprachen sie … ?*

> *„Was denkt Ihr von dem Knaben, gnäd'ger Herr?“*
> *„Er scheint ein holder Knabe, er wird rot!“*,
> entgegnete der Herzog Valentin.
> Und dieser erwiderte:
> *„Glaubt, gnäd'ger Herr, er ist mehr hold als Knabe.“*

Welch ein entsetzlicher, verräterischer Text! Judith wusste nicht, dass sie wahrhaftig errötete.

Applaus für alle. Verbeugungen. Rufe: „Julia, Julia!" Wieder Verbeugen. Die Räuber und andere Nebenfiguren. Die Höflinge. Lucetta und Sput. Anschwellender Beifall: Lonz mit dem Hund – Vater als Herzog von Milano. Valentin und Silvia – und dann ohrenbetäubendes Klatschen und Getrampel, als Julia kam und mit zitternden Knien in Proteus Armen lag – Silvia und Julia – Proteus und Valentin – „Julia, Julia!" Julia allein? Nein, sie zerrte Proteus wieder mit hinaus – und dann allgemeiner Aufbruch, Rückkehr in die Garderobe, wo sie erneut einander in den Armen lagen.

„Sie haben es nicht entdeckt!", schluchzte Judith.

„Dem Herrn sei Dank!", rief Ben. „Welche Angst wir alle ausstanden!"

„Du hast die Vorstellung gerettet!"

„Du gingst wie ein Knabe, sobald du Pagenkleider trugst!", rief James.

Judith begrub schluchzend ihr nasses Gesicht in Lonz Fell, der bellend die Aufregung teilte.

„Du warst wundervoll, Kind. Aber du weißt: nie wieder! Zieh deine Männerkleider an. Niemand in der Stadt darf dich anders sehen."

Ja, sie wusste: nie wieder. Aber wie konnte sie jetzt aufhören?

„Wenn du umgekleidet bist, iss kräftig, aber dann bringt James dich zur Mutter."

„Geh gleich dorthin", riet James. „Ich bringe dir eine Mahlzeit."

Hilliard trieb an diesem Abend alle früh zu Bett, damit nicht jemand vor den Wirtsleuten sich versprechen konnte.

Judith unterbrach den Schwall der Vorwürfe, mit denen die Mutter sie überschüttete.

„So wisst ihr schon …"

„Von James. Wie konnte dein Vater das nur gestatten! Sie hätten dir die Kleider vom Leib gerissen, wenn …"

„Sie haben es nicht getan. Wie geht es ihm?"

„Er kann nicht den Kopf heben, ohne dass ihn schwindelt. Der arme Knabe! Der Stadtarzt hat ihn gesehen, während du …"

„Kann er in Vernon Hall Titania spielen?"

„Der Arzt sagte, es sei unmöglich. Das Wundfieber wird steigen. Nein, er wird nicht Titania spielen, aber du ebensowenig."

„Ich weiß es wohl, Mutter. Seine Lordschaft ist nicht so leicht zu täuschen wie das Stadtvolk. Er darf es nie erfahren."

Die Mutter sah sie an. „Du hast sie immer beneidet", sagte sie. „Denke nicht, ich wüsste nicht, wie du sie ansahst, wenn sie auf den Brettern standen: Henry und Richard, unsere Helden. Nun hast du es einmal gehabt. Julia ist eine schöne Rolle. Ich habe dich nicht gesehen, Kind, ich saß hier bei dem Knaben, aber ich weiß, dass du Julia all deine Anmut, deinen Witz, deine Jugend und deine junge Weiblichkeit gabst. Es muss dir genügen."

„Ja, Mutter."

„Ich habe unsere Männer nie beneidet. Ich stürbe vor Angst, wenn ich vor die da draußen treten müsste. Und alle die Verse, die sie behalten müssen! Ich freue mich, wenn die Vorstellung gelingt, und alle glücklich sind und ich durch meine Arbeit ein Scherflein dazu beitrage. Ich hatte es leichter als du. Aber bald bist du kein Mädchen mehr. Eine Siebzehnjährige muss unter die Haube kommen, auch du, obgleich sie dich heute für einen Knaben von vierzehn halten konnten. Wenn du erst eine Frau bist, zählen andere Dinge. Das Ehebett schenkt dir ein Glück, von dem du jetzt nicht einmal träumst. Dein Verlangen wird nach deinem Manne sein, wie die Bibel sagt. Dann fragst du nicht mehr nach Julia und Titania, die mir leerer Schein sind, Erfindungen Master Shakespeares. Und wenn der Liebe Glanz verblasst, dann findest du das wahre, echte Weibesglück in deinen Kindern …"

Du, Mutter. Aber ich? Ja, Julia ist eine bezaubernde Rolle. Aber was ist sie gegen Titania? Wenn ich in Vernon Hall Titania spielen dürfte – die schönste Rolle der Vernon-Truppe – oder wenigstens Helena? Oder nein, selbst Adam wird nie Julia Capulet spielen dürfen, die andere veronesische Julia, von der sie Wunderdinge erzählen. Begrabe deine Sehnsüchte. Begnüge dich mit der Julia von heute. Wie sie schwiegen, wie sie lachten, … ich war es, die sie dazu brachte. Ich. Wir, die Truppe. Mühsame Probenarbeit. Streit und Eifersüchteleien. Und dann alles vergessen – reine Seligkeit des gemeinsamen Gelingens – werde ich an meinem Hochzeitstag wirklich so glücklich sein wie heute Abend? Oder hat Gott mir vor meinem achtzehnten Geburtstag alles gegeben, was Er mir zu geben hat?

Nach der letzten wegen des Überfalls durchwachten Nacht forderte die Natur ihr Recht. Jenny lauschte auf Judiths Atemzüge und setzte schweigend die Krankenwache fort.

Als sie im Hof von Vernon Hall einfuhren, schrie eine Magd: „Die Komödianten sind da!“

Sofort wimmelte der Hof von Neugierigen. Judith zügelte die Pferde. Sie trug wieder ihr Alltagskleid und ihr Zopf hing lang herab. Das grüne Sonntagskleid war nun endgültig in den Fundus gewandert. Niemand sollte die Hilliard Tochter mit der „Julia“ von Stoke in Verbindung bringen.

Der Haushofmeister mit spanischem Wams und makelloser Krause trat auf sie zu.

„Haltet Eure Leute ruhig, Hilliard, und kommt sogleich mit mir. Mylady wünscht, Euch zu sehen.“

Mylady war Lord Vernons verheiratete Tochter, die meist in London lebte. Ihre Anwesenheit erklärte die zweite Äußerung des Haushofmeisters: „Ich sagte, Ihr sollet leise sein, Seine Lordschaft sind erkrankt.“

Erkrankt! Das löste das Problem, wie man ohne Titania den „Sommernachtstraum“ spielen sollte, von selbst. Adam spielte gewöhnlich nicht nur Titania, sondern auch noch Hippolyta wie Henry Theseus und Oberon, da beide Paare nie zusammen auftreten und die Truppe keinen zusätzlichen Hippolyta-Darsteller besaß. Die Frauenrollen waren mit Adam in diesen beiden Rollen, Tom als Hermia, Cecil als Helena, und dem armen John als Elfe völlig erschöpft.

Erleichtert atmeten die Schauspieler auf. Nur Henry fluchte. Der Oberon wäre endlich wieder einmal eine Hauptrolle für ihn gewesen, nachdem sein Rivale Richard ihm den Petruchio weggeschnappt hatte und den Proteus dazu, sodass er sich mit den albernen

Nebenrollen Grumio und Eglamour zufriedengeben musste. Auch Cecil sah enttäuscht aus. Er hätte nur zu gern als Helena sein schmähliches Versagen wieder gut gemacht. Was er zu hören bekommen hatte, als er aus seinem jämmerlichen Kater erwachte – nie mehr Bier! Und vor allem: nie mehr Branntwein!

Alle bezogen Quartier in einem Nebenflügel des Schlosses. Judith und ihre Mutter hängten die Kostüme in Reih und Glied. Judith bürstete sie aus, die Mutter steckte sie für den Winter in leinene Schutzhüllen. Jenny hatte ein heimliches Dankgebet gen Himmel gesandt. Kein „Sommernachtstraum" – das ersparte dem Kind Schmerz.

Sie sah nicht unglücklich aus, wie sie da mit Feuereifer bürstete – eigentlich so wie immer.

Da erschien John, der ewige Laufbursche des Ensembles.

„Mistress Judith, Ihr sollt sogleich zu Mylady kommen. Und Master Hilliard lässt Euch sagen, Ihr sollt respektabel aussehen. Respektabel!" Das Unheil war da. Natürlich hatte die Lady irgendwie von dem ungeheuerlichen Julia-Auftritt erfahren. Sie war nicht so streng wie ihre verstorbene Mutter, Jennys einstige Herrin, aber was zu weit geht – respektabel. Nur ja nicht das Grüne, das da in seinem Leinensack hing, mochte es auch ihr bestes Kleid gewesen sein.

„Zieh dein Wollkleid an, Tochter!"

„Dafür ist keine Zeit mehr!", wagte John zu widersprechen.

Judith legte einen breiten weißen Leinenkragen über den lieblichen Ausschnitt ihres sandbraunen Mieders, ihre Mutter steckte mit zitternden Fingern den Zopf zu einem würdevollen Nest am Hinterkopf auf. Auch Judith zitterte. *Sie werden mich doch nicht auspeitschen und mir das Haar abschneiden? Mich ausschließen von den Sakramenten?*, dachte sie angstvoll, als sie hinter einem Diener durch die tapisserieverdeckten grauen Mauern der Korridore lief.

Sie war der Lady nie begegnet, seit diese dem Kindesalter entwachsen war, und auch früher hatte Lady Anne das Komödiantenkind nie ihrer Freundschaft würdigen dürfen.

Im Erker der großen Halle saß Lady Anne, eine schöne, brünette Frau. Ihr seidenes, korallenrotes Reifrockkleid war tief ausgeschnitten, ein Fächerkragen aus starrer Spitze umrahmte ihr feines Gesicht. Judith knickste, ohne die Augen aufzuheben.

„Da ist sie. Sieh mich an, Mädchen. Der Fußboden verrät dir keine Geheimnisse!“, sagte die melodische Stimme. Judith blickte auf. Sie musterten einander prüfend und anerkennend, wie es zwei überaus schöne Frauen häufiger tun. Jetzt erst sah Judith ihren Vater auf einem gepolsterten Hocker in der Halle sitzen.

„Du wirst von der Erkrankung Seiner Lordschaft gehört haben“, fuhr die Lady fort. „Da sie erst gestern Abend eintrat, ist es meinem Gatten, der bis zur Ankunft meines Bruders die Herrschaft in Vernon Hall übernommen hat, nicht möglich, unsere Gäste noch rechtzeitig von der Krankheit seines Schwiegervaters zu unterrichten, und Seine Lordschaft besteht entschieden darauf, alle vorbereiteten Gastlichkeiten durchzuführen, wie es vorhergesehen war. Es kommen Herrschaften vom Hofe in Windsor. Zu den Vergnügungen, die wir ihnen bieten, gehört auch der ‚Sommernachtstraum'." Judiths Herz begann, heftig zu schlagen. „Dein Vater hat mir vom Missgeschick eures Hauptdarstellers erzählt. Sein heftiges Fieber hindert ihn zwar nicht, Hippolyta zu spielen, wie ich höre, Titania aber könnte er nicht durchstehen. Meines Vaters Schloss liegt recht einsam auf dem Lande und wir können keinen Ersatzspieler herschaffen. Kurz – es hängt an dir, Judith Hilliard!"

„Vater", stotterte Judith, „ich soll Titania spielen?"

„Er sagt, dass du die Rolle beherrschst, und weit begabter bist als alle seine Knaben!"

„Mit tausend Freuden! Ich würde nichts auf der Welt lieber tun, Mylady!", erwiderte Judith leidenschaftlich. „Allein, es ist unmöglich! So edlen, vielerfahrenen Damen und Herren kann ich nicht einen Knaben vortäuschen. Und, Titania ist keine Hosenrolle. Wie soll ich mein Geschlecht da verbergen! Es ist doch wider das Gesetz!"

„Oh ja", erwiderte die Lady mit gespielter Strenge, „und trätest du auf der Schaubühne auf vor den Leuten, so wäre dies euer aller Ende. Doch dies ist keine öffentliche Vorstellung. Der Adel genießt so manches, was man dem Volk verweigert. Verstehe, Kind, dein Geschlecht verbergen, zum Knaben werden? Das brauchst du nicht, Judith. Dein Vater wird dich belehren."

Dieser räusperte sich. „Es ist keine öffentliche Vorstellung, Kind. Es werden nicht mehr als zehn Personen zuschauen, zu den Herrschaften gehören Lord und Lady Bedingfeld und der junge Sir Vernon. Es sind alles Edelleute, nicht das Volk, und keine Kleriker sind dabei. In einer öffentlichen Vorstellung dürftest du freilich nie mehr ...", er verbesserte sich schleunigst, „nie und nimmer spielen, aber dies hier ist eine Gehorsamspflicht gegenüber unserem edlen Gönner."

„Mein Vater muss nicht erfahren, was er möglicherweise nicht billigt", unterbrach ihn die Lady. „Darum, und um seine schwache Gesundheit zu schonen, werden nur der erste und fünfte Akt auf der Schlosshofbühne gespielt, wo Titania nur kurz auftritt. Für die Waldszenen lasse ich eine Bühne im Park aufschlagen und etliche Stühle aufstellen, was viel poetischer ist. Unsere Gäste ziehen vom Park zum Schloss in Hippolytas Hochzeitszug und werden in das Spiel einbezogen, eine belustigende Abwechslung. So wird die Störung durch den Lärm des Spiels für meinen Herrn Vater gemäßigt. Ich werde unsere Freunde auf deinen Auftritt vorbereiten und sie davon unterrichten, dass du ein unbescholtenes Mädchen bist und unter meinem persönlichen Schutz stehst. Sie müssen mir versprechen, über diese Aufführung zu schweigen. Was sagst du dazu?"

Judith strahlte. „Ich darf als Frau Titania spielen? Ohne Perücke und falsche Brüste?"

„Was würdest du denn gerne tragen, Judith?"

„Nicht diese Reifrockkleider mit Halskrausen, die Adam in der Rolle trug. Die Königin der Elfen darf doch nicht aussehen wie eine Londoner Hofdame." Ihr Blick glitt zu einem der Ölgemälde an der Wand, das eine mythologische Szene illustrierte. „So vielleicht!“

„Da weiß ich Rat.“ Die Lady erhob sich anmutig trotz ihrer ungefügen Röcke. „Folge mir.“ Sie führte Judith durch viele Räume in einen Korridor, an dessen Wand eine Truhe stand.

„Was ist das?“, stammelte Judith entzückt, als die Lady den Deckel öffnete und eine Anzahl zarter schneeiger Gewebe enthüllte.

„Dies wurde besorgt, um für den angekündigten Besuch Ihrer Majestät der Königin im Juni, welcher jedoch nicht erfolgen konnte, Gewänder für Ehrenjungfrauen zu nähen. Ihre Majestät liebt Poesie und mythologische Tableaus. Diese Ehrenjungfrauen – junge und anmutige Dienerinnen des Hauses – hätten Sir Edward, meinen Bruder, als Musen umgeben sollen, und er hätte als Apoll die hohe Schirmherrin der Künste empfangen und ihr als Venus in einem Gedicht gehuldigt.“

„Ist Königin Elizabeth nicht weit über Fünfzig? Eine Venus …“

„Schscht, Kind! Britanniens Feenkönigin ist alterslos wie Titania – und nie zu alt für Komplimente. Sprich nie von ihrem Alter.“

„Verzeiht, Mylady – da sind neben den weißen Schleiern ja auch silberdurchwirkte!“

„Diese sollten die drei Grazien tragen, welche der königlichen Venus am Schlusse ein Geschenk des Hauses Vernon überreichen sollten. Mit Silbersternen und goldenen Blumen durchwoben – daraus ließe sich unschwer ein Kostüm für die Elfenkönigin machen.

Die griechischen Gewänder lassen sich so wirkungsvoll drapieren, dass sie kaum Näharbeit verursachen. Du sollst das nicht selbst tun, ich habe eine sehr geschickte Näherin bei mir, die Mutter meiner Zofe. Du sollst nichts anderes tun als proben."

Und nichts anderes taten die Schauspieler an diesem und dem folgenden Tage. Die Mitspieler konnten sich so auf die neue Situation einstellen. Judith war froh, dass Richard den Demetrius spielte und mit ihr keine Szene hatte. Als Proteus hatte er sie in Kauf genommen, da er unbedingt eine Julia brauchte, aber auf Dauer wollte er keine Frau auf der Bühne sehen. Ihr Partner Henry fand die Pläne der Lady zwar überspannt und exzentrisch, konnte sich aber endlich den Wunsch erfüllen, Theseus und Oberon zu spielen und zeigte sich hilfsbereit. Den Puck spielte Mortimer mit Bravour, und den Zettel glücklicherweise James, den ihre schwesterliche körperliche Nähe nicht verwirren konnte. Die Elfchen waren Kinder des Schlosspersonals, von Mylady persönlich auf ihre Aufgabe vorbereitet und ohne Vorurteile. Sie fanden das Ganze etwa so spaßig und aufregend wie einen Weihnachtsabend. Elfen und Handwerker probten im Park, der herzogliche Hof sotto voce im Schlosshof oder in einem anderen Teil des Parkes.

„Master Shakespeare hätte seine Freude daran!", sagte der unbekümmerte Mortimer.

So kam Judiths großer Tag. Sie wartete mit John, Mortimer und den aufgeregten Elfchen im Park, während im Schlosshof der erste Akt abrollte. Adam spielte fiebernd im Goldkleid Hippolyta, er hatte darauf bestanden, und Hilliard hatte seine Szenen so arrangiert, dass er nur sitzen musste. Schwer lehnte er in Henrys Arm. Nach der ersten Szene traten im Hof die Handwerker auf.

„Wann kommen sie endlich?“, quengelten zum hundertsten Mal die Elfenknaben.

„Horcht! Musik! Hinweg!“, rief Judith und zerrte sie ins Gebüsch.

Sie kamen. Langlockige Herren in Pumphosen und spanischen Wämsern, Mylady und andere Damen in golddurchwirkten Reifröcken und Mühlsteinkrausen aus schaumiger Spitze. Etwa sechs Herren und vier Damen nahmen auf den aufgestellten Bänken Platz. Sobald sie saßen, betraten Puck und der Elf John die Szene, der Letztere kaum minder ängstlich als die Kinder. Während das Spiel begann, verteilten sich die übrigen Schauspieler hinter der Szene.

„Es geht hervorragend!“, flüsterte Matthew-Lysander Judith zu.

„Mylady duldet kein Schwatzen. Ihr seht wunderschön aus, Mistress Judith!“

Und das war richtig. Ihr aufgelöstes goldbraunes Haar fiel lang und reich über die Hüften und eine von den Blumen des Parkes umwobene Kristallkrone schmückte ihre Stirn. In der Hand hielt sie das Lilienzepter aus der Requisite. Ihre Glieder umgab ein weichdrapiertes weißes Griechengewand und ein schleierzarter Mantel, mit Gold und Silber durchwoben, ergänzte das Kostüm, ohne ihren schönen Busen zu verhüllen.

Der Elf John floh in die Büsche. Auftritt Oberon, Titania und Gefolge.

„Schlimm treffen wir im Mondenlicht, du stolze Titania ...“

Nicht Mondenlicht, sondern helle Frühnachmittagssonne schien durch die Blätter der Bäume, doch keiner der Zuschauer störte sich daran. Atemlos und gebannt blickten sie auf das silberne und goldene Frauenwunder.

„Wie, Oberon ist hier, der Eifersücht'ge?
Elfen, schlüpft von hinnen,
Denn ich verschwor sein Bett und sein Gespräch.“

Stolze Titania! Die Erniedrigung, die Benachteiligung des Mädchens gab ihrem Streitgespräch mit Oberon die Empörung. In ihm bekämpfte sie das ganze männliche Geschlecht – den überheblichen alten Lord, den eitlen Richard, die verständnislosen Vertreter der Kirche. Sie kämpfte um ihr Recht und wich nicht. In den Worten des Dichters malte sie die Zerstörung der Natur als Folge des männlich-weiblichen Urzwistes. Als Folge menschlicher Entfremdung überhaupt, als geheimnisvolles Elementarwesen einer anderen Welt und im Kampf gegen die Herrschaft des Mannes, der sein Gattenrecht als Machtanspruch missbraucht.

Lebhafter Applaus folgte Titanias Abgang. Nach dem kurzen Zwiegespräch des Elfenkönigs mit dem fantastisch geschmückten Puck erschienen Demetrius und Helena, in Judiths ausrangiertem grünem Kleid die

Letztere. Cecil gab sich alle Mühe, seine alkoholische Entgleisung wieder gutzumachen. Beide waren sehr fähige Schauspieler und zwangen das erlauchte Publikum, die Sensation der weiblichen Titania zumindest zeitweise zu vergessen. Puck und Oberon standen ihnen in nichts nach. Es kam die reizende Szene, in der die kleinen Elfen Titania in den Schlaf singen und den Reigen schlingen.

„Du tötest Raupen in den Rosenknospen,
ihr holt der Fledermäuse Lederschwingen,
den kleinen Elfen Röcke draus zu machen."

Als die anmutige Titania auf einem Rasenhügel einschlief, war kein Herr im Publikum, den sie nicht zu den gewagtesten Phantasien anregte. Auch die Damen waren bezaubert und gerührt vom halben Ungeschick der Kinder. Matthew als Lysander und der niedliche Tom, dem das unschuldige blaue Biancakleid wieder sehr gut stand, unterbrachen das Elfenspiel. Sie waren schauspielerisch nicht so stark wie das andere Paar, entledigten sich jedoch ohne Panne ihrer Aufgabe.

Die Liebesverwirrung der Paare ergötzte das Publikum, und noch mehr erheiterten es die Handwerker mit Pyramus und Thisbe. Den Höhepunkt bildete natürlich die Metamorphose Zettels und Titanias liebesverzücktes Erwachen.

„Weckt mich von meinem Blumenbett ein Engel?"

Zettels raues Lied antwortete. James übertraf sich in seiner grotesken Rolle selbst, da er die ungewöhnliche

Anteilnahme des Publikums spürte. Titania gestand dem Eselskopf ihre Liebe, und dieser schwankte zur Wonne der Zuschauer zwischen Furcht und aufgeblasener Eitelkeit, bis Titania wieder das Wort ergriff:

„Begehre nicht, aus diesem Wald zu fliehn!
Du musst hier, willig oder nicht, verziehn!
Ich bin ein Geist von nicht gemeinem Stande,
Ein ewiger Sommer zieret meine Lande,
Und sieh, ich liebe dich, drum folge mir!
Ich gebe Elfen zur Bedienung dir,
Sie sollen Perlen aus dem Meer dir bringen,
Und wenn du leicht auf Blumen schlummerst, singen,
Ich will vom Erdenstoffe dich befrein,
Dass du so luftig sollst wie Geister sein!"

Nun umgaukelten die Elfen den Tölpel und nahmen die reizenden und geheimnisvollen Befehle ihrer Herrin entgegen. Gänzlich verzaubert lauschten die Hörer, die das Unmögliche als Bild des inneren Auges erblickten. Auf Befehl der Lady wurden die Waldszenen ohne Pause durchgespielt. Die Gefühlsverwirrungen der Paare erreichten ihren Höhepunkt – dann umschmeichelte Titania wieder den Esel:

„Komm, lass uns hier auf Blumenbetten kosen,
beut, Holder, mir die zarte Wange dar,
den glatten Kopf besteck ich dir mit Rosen
und küsse dir dein schönes Ohrenpaar."

Und abermals entschlief die Elfenkönigin, geschmiegt an ihren Eselfreund, und wurde erlöst durch den

Blumentau Oberons. Ihr Entsetzen über sich selbst, ihre Scham sprengte fast den Rahmen der Komödie, und den Zuschauern, deren Lachen gefror, blieb ihr schluchzender Schrei in den Ohren:

„Musik her! Schlafbeschwörende Musik!“

Unter den Mantel Oberons geschmiegt, entschwand Titania. Ihre letzten Worte:

„Komm, Gemahl, und sag mir du
Noch im Flieh'n, wie ging es zu,
Dass man diese Nacht im Schlaf
Mit dem Sterblichen mich traf ...“

Sie sprach verstört und mit noch bebender Stimme eine erniedrigte, ihrer selbst zutiefst unsichere Frau.

In fliegender Eile wechselte Henry Kopfputz und Mantel und stützte den armen Adam, dem der Schweiß auf der Stirn stand, und schon betrat das Herzogspaar mit Hof die Bühne. Erwachen, Versöhnung, Abgang und Zettels Rückkehr in die Realität.

An dieser Stelle wurde das Spiel unterbrochen, und alle begaben sich in den Schlosshof zurück, wo die edlen Zuschauer Tränen lachten über das Rüpelspiel von Pyramus und Thisbe.

Judith stand hinter einem Turmvorsprung neben James, John und den aufgeregten Elfenkindern. Sie sah von der Lady nur den himmelblauen Reifrock und den linken Arm, ihren zur Rechten sitzenden Gatten gar nicht. Aber links von ihr – ein junger Kavalier – schöner als jeder Elfenkönig – ein bezauberndes Lächeln war da, das Judith die Verse ihres letzten Auftritts gänzlich vergessen ließ. Henry stieß sie an und fasste ihre Hand.

„Wir sind dran!" Wie in Trance sprach sie in die einsetzende Musik:

„Wirbelt mir mit zarter Kunst
Eine Not auf jedes Wort,
Hand in Hand mit Feengunst
Singt und segnet diesen Ort."

Pucks letzter Monolog im scheidenden Abendlicht. Und dann Applaus. Die Lady und ihr Bruder erhoben sich als Erste applaudierend von ihren Sitzen. Ovationen. Wieder und wieder brandete Beifall auf, soweit dies zehn Personen vermögen.

„Die Elfen mögen im Kostüm bleiben!", verkündete der Haushofmeister. „Die Schlussszene soll in der Halle nochmals wiederholt werden!"

Oh Gott! Und sie hatte gefürchtet, der alte Lord werde in seiner Wut die Truppe auflösen, wenn er von ihrem Auftritt erfuhr – und die Sünderin ins Spinnhaus stecken, wo die Puritaner die Dirnen bekehrten.

Noch einmal sangen und tanzten die Elfen in der großen Halle, wo die Herrschaften nun beim Bankett saßen und die Kerzen flammten. Judith erschien in der Gruppe, und der junge Sir Edward Vernon hob sie mit keiner Geste aus dieser hervor, aber er ließ kein Auge von ihr. Nach dem Auftritt kehrten die Schauspieler unverzüglich in ihr Quartier zurück.

„Ich bin stolz auf dich!", sagte Hilliard und küsste Judith auf die Stirn. „Hätte dich nur Master Shakespeare sehen können! So erträumte er sich Titania und wird sie niemals erblicken. Bewahre diesen Abend in deinem Herzen, Kind, wie Maria die Heilige Nacht. Auch dies kehrt nie wieder."

„Ich weiß, und doch …"

„Ein Märchen wurde wahr. Sittsame Frauen dürfen nicht auf den Brettern stehen, wo die Lehrbuben unter das Gerüst kriechen und ihnen unter die Röcke spähen und die Edelherren, die im Proszenium sitzen, sie in den Hintern kneifen."

„Sie saßen nicht im Proszenium."

„Nur weil Mylady es ihnen verwehrt hat."

„Es war schlimm genug, wie sie Euch anstarrten!", sagte Matthew eifersüchtig. „Ihr wart ein liebliches Stück Fleisch, offen zur Schau gestellt. Doch in der Halle bat keiner Euch an die Tafel, auch nicht Mylady. Sie schickten Euch fort zu Euren Komödianten!"

„Du durftest einen Blick in ihre Welt tun. Aber erwarte nicht mehr von den Großen", sagte der Vater warnend. „Nun aber genug der Bedenken. Ale für alle!"

Ale, Kraut und Schweinernes, nicht den üblichen Hammel. Sie feierten übermütig ihren Erfolg und Judiths Auftritt. Sie ließen sie hochleben, sie sangen ihr zu Ehren das Ständchen aus „Die beiden Veroneser" und veränderten den Text: „Wer ist Judith, wer ist sie, die die Spieler sämtlich loben?" Mortimer rezitierte begeistert den Oberon, den er auch gern gespielt hätte. Judith feierte mit den Ausgelassenen, aber ihr Lächeln war nur aufgesetzt.

„Wie geht es weiter, Vater, werden wir hierbleiben?"

„Der Spätsommer dauert heuer so lange und ist so heiter, dass wir noch einige Orte bespielen können,

Kind. Es ist noch zu früh fürs Winterquartier, und wir dürfen die Herrschaften nicht durch Trägheit erzürnen. Und Seine Lordschaft sind nicht wohl."

Proben, Kostüme flicken. Die Knaben mit ihrem ewigen Gezänk um Kleid und Perücke, schlimmer als die Weiber. Text einsagen unter dem Gerüst: zu laut, Judith. Zu leise, Judith. Zu schnell. Zu langsam. – Ich will nicht fort. Nicht von Vernon Hall, nicht von IHM!

Sie sah Matthew mit untergeschlagenen Armen in einer Fensternische stehen und vor sich hinbrüten. *Wenn er erst mein Mann ist, würde er jede Vorstellung lieber platzen, als mich die Bretter betreten lassen,* dachte sie. *Morgen wirft er mir wieder seine zerrissenen Umhänge in den Schoß und lässt sich die Stiefel putzen, und jeder findet das in Ordnung, nicht zuletzt Mutter.*

„Ich sehe keinen Grund zu Eurer Unzufriedenheit, Master Berkeley!", sagte sie angriffslustig. „Auch Ihr hattet Szenenapplaus."

„Keinen Grund? Wenn Ihr mir wehtut bis ins Herz hinein?"

„Und welche Abscheulichkeit habe ich begangen?"

„Ihr prostituiert Euch auf den Brettern – liebkost den Esel – "

„Meinen Bruder James!"

„Das wissen nur wir. Dem Publikum zeigt Ihr eine brünstige Frau, toll vor Liebe, die selbst einen eselsohrigen Rüpel nicht verschmäht in ihrer Geilheit!"

„Ihr redet wie ein Puritaner, obgleich Ihr ein Schauspieler seid. Machte Lysander sich nicht zum Narren mit seiner Leidenschaft für Helena? Auch ihm träufelte Puck den Duft der Zauberblume in die Augen."

„Ich bin keine zarte Frau. Dem Manne verzeiht man die Zurschaustellung seiner Begierden. Ihr aber – ich schwieg zu Eurer Julia, ich bewunderte Euer Titaniakostüm – aber schlimmer als Euer halb nackter Busen ist Eure unsittliche Aufführung.

„Und damit meint Ihr?"

„Dass Ihr für einen Esel die Beine breit macht!"

„Wann hätte ich? Eure Eifersucht belügt Euch! Nie führte ich mich anders als sittig auf der Bühne auf!"

„Ihr tatet es in der Phantasie des Publikums! Ihr reiztet diese Männer. Der junge Sir entkleidete Euch mit seinen Augen in der Halle – viel war nicht mehr zu entkleiden!"

„Woher wollt Ihr das wissen? Ihr wart abgeschminkt und gar nicht zugegen!"

„Ich stand hinter der Säule. Ich sah alles. Auch, wie Ihr ihn anstarrtet, wie Eure Lippen nur mechanisch noch Titanias Text plapperten."

„Ihr spielt noch immer den eifersüchtigen Lysander. Aber Ihr seid es, der sich zum Esel macht. Ich werde meinen Vater bitten, zukünftig Euch den Zettel spielen zu lassen – mit Tom oder Adam als Titania." Sie wendete sich von ihm ab.

In dieser Nacht tat Judith kein Auge zu. Matthew hatte ja recht – nicht, indem er sie mit einer brünstigen Eselsstute verglich, aber er hatte es gesehen. *Hatten es alle gesehen in der Halle? Gott, was geschieht mit mir? Du erfülltest mein heimliches Sehnen, ich war Titania – und da war dieser Gentleman, und obgleich ich keine zwei Worte mit ihm sprach, Gott, ist das die Liebe? Das, was die anderen eher merken als ich selber, am ehesten die Eifersüchtigen oder Neidischen?*

> *„Nun sprich, Lucetta, jetzt sind wir allein.*
> *Was rätst du mir, geb ich der Liebe nach?"*

Wie gekünstelt, Master Shakespeare! Was soll hier Rat, was Wahl?

> *„Und unter all den hübschen jungen Herrn.*
> *Die täglich mich umlagern im Gespräch,*
> *Wer, meinst du, ist der Liebenwürdigste?"*

Welche Frage, Julia! Auch wenn sie nur Scheingefechte führt – Ihr habt seit den „Veronesern" viel gelernt über das Weib, Master Shakespeare, und über die Liebe. Sie ist jäh und verstörend wie Pucks Zauberkraut. Auch mich weckte vom Blumenbett meiner Mädchenträume ein Engel.

In der Morgenfrühe durchschweifte sie mit hängendem Zopf allein den Park. Sie betrat noch einmal die verlassene Bühne.

„*Wie ich dich liebe! Wie ich dich vergöttre!*", murmelte sie die Worte der Titania.

Nur die Vögel antworteten. Der Sommernachtstraum war vergangen.

„*Nun, holde Königin! Wach auf, Titania!*", rief halblaut eine Männerstimme.

Rein mechanisch antwortete sie auf ihr Stichwort: „*Mein Oberon, was für Gesicht ich sah* …" und verstummte erglühend. Sie knickste, halb zur Flucht gewandt.

„Bleibt, Titania! Wohin?"

„Es muss Euch sehr enttäuschen, mich so zu sehen,

Sir Edward, nicht mehr Titania, nur Judith Hilliard in sandfarbenem Rupfen."

„Ihr seid und bleibt Titania, was Ihr auch am Leibe tragt." Er küsste ihr die Hand wie einer Edeldame. Sie blickte ihn groß an.

„Entweihet meine Hand verwegen dich,
O Heil'genbild, so will ich's lieblich büßen.
Zwei Pilger, neigen meine Lippen sich
Den herben Druck im Kusse zu versüßen?"

Sie erzitterte.

„Nun? Keine Antwort? – So kennt Ihr noch nicht des Meisters neueste und größte Tragödie? Die Tragödie der Liebe – Romeo und Julia?"

„Ich hörte davon, doch ich hatte nie eine Rolle oder gar ein Manuskript davon in der Hand. O sagt, edler Sir, habt Ihr etwa eine Abschrift davon in der Schlossbibliothek? So erlaubt mir, sie zu lesen, ich bitte Euch!"

„Ihr werdet sie lesen, Königin der Elfen. Sie ist wie für Euch geschrieben, diese Julia Capulet." Stimmen wurden laut. „Ich muss ins Schloss zurückkehren. Leset zuerst die Novelle des Bandello von ‚Romeo und Juliet'. Ihr findet sie in der Bibliothek. Doch ich gelobe Euch, ihr sollt mehr von mir hören." Er glitt geschmeidig durch das Gebüsch.

„Ihr wart nicht allein!" Matthew kam heran.

„Das geht Euch nichts an. Spioniert Ihr mir nach?"

„Hütet Euch, Judith. Hat Eure Mutter Euch nie gesagt, wie große Herren mit Euresgleichen umzugehen belieben?"

„Ich brauche von Euch keine Belehrung, und Ihr

habt auch nicht das Recht zu einer solchen. Ihr seid nicht mein Gatte, nicht einmal mir anverlobt."

„So lässest du mich leiden, Judith?"

„Spart Euch Euer Pathos für die Bühne."

„Nur gut, dass wir morgen wieder davonziehen. Dann vergisst du deine Königinnenlaunen." Er packte ihre Hand, ließ sie aber los, da John erschien.

„Master Hilliard wünscht alle Schauspieler um Schlag Elf in der Unterkunft zu sehen. Wir erfahren dort, wohin wir ziehen und mit welchen Stücken."

„Da könnt Ihr Eure Kostüme alle wieder einpacken!" sagte Matthew gehässig. „Nichts mit dem guten Leben im Schloss, meine Herrschaften!"

Aber als sie in den Essraum kamen, sagte Hilliard: „Ich habe Sir Edward und Lady Bedingfeld gesprochen. Sie wünschen, dass wir im Schlosse bleiben und vor Anbruch des Herbstes eine neue Tragödie zur Aufführung bringen. Es gibt wieder einmal unvorstellbare Arbeit, Kinder!"

Ein neues Stück, gar eine Tragödie! Neue Rollen! Das bedeutete in der Tat harte, unvorhergesehene Arbeit, aber auch willkommene Abwechslung!

„Es handelt sich um Master Shakespeares wundervolle Liebestragödie ‚Romeo und Julia'. Ich glaubte nie, dass wir das Glück hätten, diesen Text zu bekommen, aber Sir Edward macht Unmögliches möglich. Er zaubert wie Oberon, wenn es um das Theater geht. Du, Matthew, bist der Glücklichste von allen. Du spielst die Titelrolle."

„Und Adam Julia?", fragte dieser.

„Hört erst die Handlung", sagte Hilliard ausweichend. Er las ihnen den Bandello vor.

„Ein guter Stoff!", rief Henry. „Was ist für mich drin?"

„Entscheide, ob du den Mönch Lorenzo oder den Fürsten spielen möchtest."

„Den Mönch!", sagte Henry ohne Besinnen.

„Wieso Matthew als Romeo?", fragte Richard unzufrieden. „Ich bin der Erste Liebhaber. Er soll den Paris spielen.

„Es ist eine Altersfrage", sagte Hilliard.

„Und spielt Adam die Julia oder Tom?", beharrte Matthew.

„Nein, nicht Adam!", erwiderte der Prinzipal. Die Herrschaften stellen ausdrücklich die Bedingung, dass Judith die Julia spielt." Diese fuhr hoch.

„Dann spiele ich nicht den Romeo. Auch nicht den Paris!", sagte Matthew wütend.

„So lässt du es bleiben, mein Junge. Judith als Julia oder gar nichts. Das gab man mir unmissverständlich zu verstehen. Du siehst noch immer jugendlich aus, Richard. Du hast den Romeo."

Dieser wandte sich an Adam: „Verzeih, Junge, aber wenn das die Bedingung ist."

Adam hob abwehrend die Hände. „Ich möchte keinesfalls jetzt eine große Rolle lernen! Ich habe noch immer Kopfschmerzen. Lasst Mistress Judith doch die Julia spielen und gebt mir eine kleine Rolle!"

„Was sagt Seine Lordschaft dazu?", stieß Matthew hervor. „Weiß er, dass in seinem Schloss sich eine Frau auf der Bühne preisgibt?"

Hilliard blickte ihn hart an. „Das weiß ich nicht, ich habe die Bedenken, die du ansprichst, den Herrschaften deutlich vorgetragen. Ihre Ladyschaft erwiderte, sie habe ihren vom gestrigen Abend hell begeisterten Gästen die weibliche Julia bereits versprochen und könne ihr Wort nicht brechen. Sie teile meine Bedenken nicht, da es sich nicht um eine öffentliche Aufführung handle und sie willens sei, jegliche Ungebührlichkeit gegen unsere Hauptdarstellerin zu ahnden. Es sind dieselben Leute wie gestern."

„Und Sir Edward?"

„Dieser ließ keinen Einwand gelten. Er zeigt noch mehr Begierde, den Romeo zu sehen, als seine Schwester. Die weibliche Julia ist nicht die einzige Neuerung, die er einführt. Romeo soll am Abend stattfinden!"

„Da sieht man uns ja nicht!", rief entsetzt der kleine Tom, der außer seiner Schönheit nicht viel zu bieten hatte.

„Für ausreichende Beleuchtung wird Sorge getragen. Das Spiel findet wieder ausschließlich im Schlosshof statt – ohne Wanderung in den Park."

„Und die Störung für Seine Lordschaft?", widersprach Matthew. „Wenn er bis dahin nicht genesen ist, wird der hohe Herr …"

„Er wird nicht genesen und die Vorstellung verbieten!", sagte Hilliard grimmig. „Du kannst nur noch Gottvater um Dauerregen bitten, Matthew, nur Er kann Judiths Auftritt noch verhindern, aber nicht Seine Lordschaft. Gestern ereilte ihn ein Gehirnschlag, und nur seine Kinder und die vertrautesten Diener haben zu ihm Zutritt. Er ist der Sprache beraubt, und wir sollen für unsern Wohltäter beten. Gewöhne dich, ob es dir nun passt oder nicht, an den Gedanken, dass der nächste Lord Vernon in nicht allzu ferner Zeit Sir Edward sein wird – er ist es bereits, ihm fehlt nur noch der Titel. Und wir sind dazu da, seine Wünsche zu erfüllen – oder wir sind nicht mehr da."

„Ihr sprecht als Prinzipal. Als Vater …"

„Zu dem Vater wirst du unter vier Augen reden oder gar nicht. Zum Teufel, bist du ein Schauspieler, Matthew, oder ein eifersüchtiger Kleinbürger? Romeo und Julia sind Richard und Judith, Henry der Mönch. Nun hört die anderen Rollen."

„Es sind zu viele!", trotzte Matthew nach der Verlesung. „Wie soll das gehn?"

„Sir Edward stellt Bediente ab als Statisten und Kleindarsteller. Mehrere kleine Rollen ziehen wir zusammen oder lassen sie vom gleichen Darsteller spielen, wie wir es früher gelegentlich taten. Ben, wir beide spielen die verfeindeten Familienoberhäupter, du den Montague. James, für dich ist Mercutio eine schöne Rolle. Matthew, was darf es sein?"

„Bestimmt ihr die Rolle. Nur nicht die eines Verliebten."

„Gut, Benvoglio."

Er verteilte weiter die Männerrollen. Die Nebendarsteller freuten sich, so dankbare Aufgaben wie Tybalt, Paris und den Fürsten zu erhalten. Dann kamen die Frauen. Adam bekam um seiner Bitte willen die Gräfin Montague, die kaum Text hatte, der spielfreudige

Cecil die Amme, Tom Gräfin Capulet und John den komischen Pagen Peter.

„Endlich einmal kein Weib!“, jubelte er.

Die Einstudierung der Tragödie in so kurzer Zeit erforderte mehr als alle Kräfte von Lord Vernons Männern. Gegenüber Schwierigkeiten war Sir Edwards Ohr grundsätzlich verschlossen. Er wollte nur das Ergebnis sehen. Dreimal am Tage verfluchten sie ihn, aber keiner wollte aufgeben.

„Nur drei Hindernisse könnten noch dazwischen kommen“, hörte Judith Henry zu Richard sagen. „Einmal der Tod des Alten, zweitens das Wetter.“

„Komm, beschwöre nicht das Unglück, alte Hexe!“

„Und drittens eine Krankheit im Ensemble!“

„Die beispielsweise Matthew sich zuziehen könnte!“

„Nein“, sagte Richard. „Er ist natürlich eifersüchtig auf seine Schöne – das wäre ich auch, wenn mir etwas an ihr läge – aber er ist Schauspieler und verrät seine Truppe nicht. Ich hätte an seiner Stelle nicht auf den Romeo verzichtet und aus meiner Verzweiflung den besten Romeo ganz Englands gemacht. Aber er ist Schauspieler und Freund genug, uns nicht zu enttäuschen. Wenn dieser ganze Wahnsinn von Arbeit umsonst wäre, wir uns vergebens geschunden hätten …“

Aber keiner der drei Schicksalsschläge traf ein. Die letzte Probe begann. Judith erfuhr die Genugtuung, dass sie als Souffleuse unersetzlich war. Der Neue wurde gescholten und mit Requisiten beworfen. Zu ihrem Erstaunen und ihrer Belustigung hörte Judith, dass sie nie zu laut, nie zu leise, nie zu schnell und nie zu zögernd souffliert hatte.

„Nur auf Mistress Judith kann man sich verlassen! Sie wusste, wie man Kunstpausen setzt. Du fühlloser Barbar dagegen kriegst die Zähne nicht auseinander."

„Mein Giftfläschchen! Wer hat meine Requisite genommen?"

„Wo ist meine Haube? Du hattest sie vorhin noch, Tom!"

Auch Judith hatte ihre Sorgen. *Wie die erste Szene der Julia spielen? Julia war noch ein ungewecktes, ein wenig einfältiges Kind. War ich wie sie, ehe ich nach Vernon Hall kam? Ach nein, nie so wie dieses gehorsame, geschämige Püppchen. War Lady Anne einmal so, die behütete adelige Tochter? Auch sie hing, wie sie sagt, mehr an ihrer Amme als an ihrer Mutter, die ihr eine Fremde blieb. Kann ich diese Vierzehnjährige glaubhaft gestalten? Jungfrau, Eheweib, Witwe – dies alles ist Julia an einem einzigen Abend. Ich werde ihre Einsamkeit herausarbeiten zwischen diesen Frauen – die Welt der Männer ist ihr ohnedies verschlossen.*

Und so spielte sie auch Julia, als sie erstmalig auf der Szene stand: ein melancholisches Kind, eine empfindsame Seele, gleich fern von der herrischen Gesellschaftsdame, die sie geboren hatte wie von der mannstollen und vulgären Amme und ihren prosaischen Scherzen. Sie trug ein hellgrünes, eng sich anschmiegendes Gewand, von Goldblumen durchwirkt mit langen weiten Ärmeln. Eine in der Kapelle in Stein gemeißelte Ahnfrau der Vernons aus der Zeit des hundertjährigen Krieges hatte dafür Modell gestanden.

„Ich will historische Kostüme aus dem 15. Jahrhundert!“, hatte Edward Vernon gefordert. Seine Schwester erklärte ihm, dass ihnen dazu die Mittel fehlten und bot Kompromisse an, Samtbarette des Quattrocento und Julias Kostüme, sofern es ging. Ein Netz aus Goldfäden lag auf ihrem Scheitel. Ihr gotisches Festkleid ließ sie weniger wie eine dem Begehren ausgesetzte Frau erscheinen, eher als überwirkliches Feengeschöpf. Auch Lady Capulet trug einen gotischen Umhang, obwohl Tom darum schmollte.

Im Kerzenglanz erstrahlte der Saal der Capuleti vor den verzauberten Zuschauern. Judith handelte und sprach wie im Traum. Sie spielte Julias Liebe vor Zuschauern, nicht ihre eigene, doch was so jäh in ihr Leben getreten war, drängte sich unbewusst in ihr Tun.

An diesem Abend spielte sie nur für Sir Edward. Nach der Ballszene hatte sie den ersten Umzug. In dem einzig historischen ihrer Kostüme, einem duftigen weißen Gewand, das Lady Anne nach einer Kopie von Botticellis „Venus und Adonis“ im Schloss hatte schneidern lassen, betrat Judith die Zinne, welche als Balkon diente.

„Dein Nam' nur ist mein Feind.
Du wärst du selbst,
Und wärst du auch kein Montague.“

Dein Nam' nur ist mein Feind. Der Name Vernon, der die ewig trennende Kluft bildete.

„Gern hielt ich streng auf Sitte;
möchte gern Verleugnen, was ich sprach:
doch weg das Zagen!“

Weg mit der Ziererei der anderen veronesischen Julia – diese Julia gab sich selbst so rückhaltlos wie Judith, ohne Zofe oder Amme erst zu fragen.

„Schilt diese Hingabe nicht Flatterliebe,
Die so die stille Nacht verraten hat!"

Schilt diese Hingabe nicht Selbstdarstellung, Preisgabe. Julia und ich sind eins, Geliebter, du kannst sie nicht scheiden.

Und wie Musik glitten die Worte dahin und drangen an das Ohr der ergriffenen Hörer. Nun hatte Judith eine Pause, um sich von der Anspannung der Balkonszene zu erholen. Allen Mitspielern hielt sie sich fern, auch sie waren Schatten, sobald sie die Bretter verließen. Die Mutter half ihr in das aprikosenfarbene Kostüm, das im Stile Heinrichs VIII geschnitten war, bis sie, mit der Amme, wieder auftrat.

Cecil übertraf sich selbst, er nutzte die Komik des Gegensatzes zwischen der verliebten, schwärmenden Julia und der prosaischen Alten. Vor ihrem nächsten großen Monolog hatte Judith eine lange Pause, sie trug wieder ihr Lieblingskostüm, das Weiße, und konnte ihren Auftritt kaum erwarten. *Er ist da, endlich wieder nach den Tagen am Hof, er sieht mich – ich muss mich mäßigen, nicht übertreiben, es ist nicht gut, wenn mein eigenes Gefühl das der Julia Capulet durchdringt – ich enttäusche ihn* – Stichwort. Auftritt.

„Hinab, du flammenhufiges Gespann!"

Fieberschauer der Erwartung, doch auch im Taumel des Eros nie ohne Innigkeit.

„Komm, milde liebevolle Nacht! Komm, gib
Mir meinen Romeo!"

Der erste Stern zeigte sich am Abendhimmel, ohne dass Judith dessen gewahr wurde. Sie fühlte auch nicht den feuchten Dunst des Septemberabends, so wenig wie ihre hingerissenen Zuschauer.

Die Amme kam mit der Schreckensbotschaft: Entsetzen, Zweifel, Zorn, Triumph der vergebenden Liebe. Nun erst, nach Tybalts Tod, wurde aus dem verliebten Kind das liebende Weib. Und dann die Nacht der Nächte:

„Willst du schon gehn? Der Tag ist ja noch fern,
Es war die Nachtigall und nicht die Lerche,
Die eben jetzt dein banges Ohr durchdrang,
Sie singt des Nachts auf dem Granatbaum dort,
Glaub, Lieber mir, es war die Nachtigall."

Traumverlorener Beginn, verkrampfte Hartnäckigkeit am Ende. Es muss die Nachtigall sein. Es darf nicht Morgen werden. Traumwunder wie dieses verblassen im Morgenlicht, sie konnen nicht dauern.

„Trau mir, das Licht ist nicht des Tages Licht."

Und dann der grelle Schrei, als die Realität unbarmherzig den Liebestraum beendet und durchdringt zum Menschenherzen.

„Es tagt, es tagt! Auf, eile fort von hier!"

Und der Umschwung der Handlung vom Gipfel zum Niedergang. Der helle, unerbittliche Tag nimmt nicht nur Romeo, er bringt den Gehorsamsanspruch der herrischen Eltern und die nackte, hässliche Drohung der Zwangsehe, der die heimlich vermählte Julia in die Ausweglosigkeit treibt.

Es fröstelte die Zuschauer. Der hohle Machtanspruch der Eltern, Julias betäubte Starre, heiser, stockend, schluckend, das verzweifelte Flehen.

„O süße Mutter, stoßt mich doch nicht weg!
Nur einen Monat, eine Woche Frist ...“

Dann die kalte, trockene Antwort der Mutter, die sich der Stellungnahme entzieht und das Gespräch abbricht. Nach ihrem Abgang die steigende Verzweiflung. Lady Annes Augen füllten sich mit Tränen bei Julias Klage.

„Weh, weh mir, dass der Himmel solche Tücken
An einem zarten Wesen übt wie ich.“

Sie schüttelt die Amme, erfleht sich schreiend ein Trostwort und erhält von der mitwissenden Kupplerin nichts als den feilen Rat zur Bigamie. Nun ist Julias Einsamkeit vollkommen. Schmal und aufrecht steht sie in ihrem weißen Gewand und betrügt die Betrüger. Nur der getreue Mönch kann noch helfen. Und wieder eine neue Facette der Rolle: Herb und abweisend tritt Julia dem unerwünschten Freier entgegen, ganz und gar hat sie das Kind der Eingangsszene hinter sich gelassen. Schmerzliche Reife, Kühle der großen Dame. Noch braucht sie den Mönch, doch bald wird sie auch auf ihn nicht mehr hören.

Der letzte Kostümwechsel kam, das karneolrote, golddurchwirkte Brautkleid, sanft im Fackelschein leuchtend, auch dieses nach den Roben der Anna Boleyn geschnitten, da die Vorbilder für die italienische Renaissance fehlten.

Kühl, mit glatter Stirn, belügt Julia Vater, Mutter und Amme. Fern, nicht mehr erreichbar.

Und während auf der Galerie die Vorbereitungen für die Hochzeit stattfinden, schüttelt die Angst vor dem Wagnis Julia. Alle Gespenster eventueller Fehlschläge des Planes tauchen vor ihr auf und bedrängen sie: seine mögliche Wirkungslosigkeit, ein möglicher tödlicher Betrug des Mönchs, dem die Verlassene so tief misstraut wie allen anderen, das vorzeitige Erwachen in der Gruft und die Begegnung mit den frisch verwesenden Toten, die dort uneingesargt auf ihrem Katafalk ruhen … Leichengestank und Totengerippe – den Zuschauern kroch es kalt über das Rückgrat. Lebendig begraben! Gibt es eine Steigerung des Entsetzens? Julias Phantasie nimmt schreiend den Schrecken vorweg, sieht den wiederbelebten Todfeind Tybalt, der den geliebten Romeo bedroht – und sie wirft sich zwischen den Geliebten und das Verhängnis und nimmt den Betäubungstrank.

Während sie reglos auf dem Bette lag, hörte sie die Stimmen der Schauspieler von der Galerie. Ahnungslose, hektisch-frohe Hochzeitsvorbereitungen. Vater Capulets Scherze mit der Gattin und den Bedienten. *Vater*, dachte Judith mit jähem Schmerz, *der Weg, den ich nun gehe, wird uns trennen. Aber ich frage dich so wenig wie Julia den Capulet. Wie sie tue ich, was ich tun muss, und wenn es mich ins Reich der madenzerfressenen Toten führt wie sie.*

Musik. Ankunft des Grafen Paris. *Ruhe, Julia, atme schwach nur. Du liegst im Schlafe, kein Text, kein Gang. Lass die anderen machen. Da, Cecils Zetergeschrei. Vater. Die Gräfin. Warum jammert diese spröde Frau so? Hat sie Julia doch geliebt? Oder ist die Tochter nur ein Teil ihres kostbaren Selbst? Diese adeligen Mütter sind unbegreiflich. Der Schmerz der Amme ist echt, sie ist ganz und gar Natur, aber Cecil müsste ihr schlechtes Gewissen deutlicher werden lassen. Henry ist gut. Nein, nichts mehr denken. Da, sie schließen die Vorhänge.* Sie schlüpfte hinter der vierten Wand des Bettes hinaus.

Nun kam der fünfte Akt. Richard gab sich alle Mühe, aber zum Romeo fehlte dem Oberflächlichen die Sensitivität, er deklamierte nur gekonnt und schwungvoll. Das Publikum wartete ungeduldig auf Julias letztes Erscheinen. Und da lag sie schon auf dem Katafalk, während Romeo die Tür der Gruft erbrach und nach dem Zweikampf mit Paris den letzten Monolog sprach, das Gift nahm und im Kusse starb.

Balthasar. Lorenzo. Stichwort: „*Das Fräulein regt sich.*" Endlich. Der Mönch hob sie vom Katafalk. „*Wo ist mein …*" Ihr Blick fiel auf den Toten. Nur ein herzzerreißender Hauch: „*Romeo.*"

Des Mönches Worte schien sie nicht zu hören. Nichts zählte mehr. Nur der Becher in seiner Hand. Aber er war leer. Und dann die Stimmen draußen. Ehe sie sie finden: Eile tut not.

„Wie, Lärm? Dann schnell nur. O willkommner Dolch!
Dies werde deine Scheide – roste da,
Und lass mich sterben."

Ein unsentimentaler Akt, rasch und konsequent. Kein Für und Wider mehr. Die Angst hat Julia hinter sich und die Zweifel auch, seit sie den Trank genommen hat. Nicht mehr, ob Freitod, nur wie. Und als sie nun kommen, finden sie „*Julia blutend, warm und kaum verschieden*", unwiderruflich, untrennbar vereint mit dem Geliebten. Unerreichbar für die Klagen und Anklagen der Überlebenden.

„Denn niemals gab es ein so traurig Los
Als Julias und ihres Romeos."

Ihre Hand in der Richards war eiskalt, als sie sich – zum wievielten Male? – verneigte. Es war vorbei. Vorbei! Ihr Vater schloss sie in die Arme.

„Wenn Shakespeare das erlebt hätte!" Seine Stimme zitterte. Judith brach in Schluchzen aus, doch es war ihr nicht vergönnt, sich auszuweinen. Ein Bedienter lud Romeo und Julia zum Bankett, die Hauptdarsteller und Master Hilliard.

„Doch nicht im Kostüm!", sagte dieser bestürzt. Der Eintritt der Shakespeare-Gestalten in die große Welt verletzte ihn, sofern es sich nicht um Rezitation handelte. „Meine Tochter hat kein passendes Kleid."

„Dafür ist gesorgt."

Sie betraten das Schloss, Judith wurde durch eine weibliche Bediente von den Männern getrennt. Man gab ihr ein Kleid aus lindgrüner Seide mit tiefem Ausschnitt und filigran-zartem Fächerkragen, eine atemberaubende Robe.

Sobald sie angekleidet war, ließ sie sich vor dem Spiegel das Haar aufstecken, aber entgegen der Mode eine offene Strähne in den Ausschnitt legen. Es betonte ihre Jungfräulichkeit und ließ sie weniger wie eine Nachahmung der stolzen Edelfrauen aussehen.

Die Great Hall. Musikanten auf der Galerie. Die Schauspieler saßen am Ende der langen Banketttafel, und obwohl dort die Speisen bereits erkaltend gereicht wurden, aßen die beiden Männer mit wohlverdientem Appetit. Judith naschte fast nur an den Speisen. Sie hob den rot glühenden Wein im Kristallpokal ins Fackellicht.

Nein, es war nicht vorbei. Es begann alles wieder von vorn im Palazzo der Capuleti.

Der Reigentanz. Und er ihr gegenüber.

„Oh sie nur lehrt die Kerzen hell erglühen
Wie in dem Ohr des Mohren ein Rubin,
So hängt der Holden Schönheit an den Wangen
Der Nacht, zu hoch, zu himmlisch dem Verlangen."

Er sprach den Romeo auswendig, leiser als Richard und ohne dessen Pathos.

„Entweihet meine Hand verwegen dich,
O Heil'genbild, so will ich lieblich büßen."

Es war unvermeidlich, dass Julia Romeo antwortete. Unvermeidlich, dass sie sich plötzlich im angrenzenden Gemach befanden, dass ihre Lippen aufeinanderlagen. Sekundenlang.

Dann brachte er sie zurück. Andere Herren umdrängten sie und die beiden Schauspieler, von deren

Gegenwart sie sich bewusst nicht löste. Aber Sir Edward zog sie in eine Fensternische.

„*Oh Julia, heute Nacht ruh ich bei dir*", flüsterte er ihr zu.

„Das ist nicht möglich!", flüsterte sie zurück.

„Wenn alles schläft, mein Leben, erwarte ich dich in dem kleinen Lusthause im Park. *Widerstrebe nicht der Liebe, meine Julia! Du weißt um ihre Macht. Sprich nicht, es ist alles gesagt.* Alles, dein Herz liegt offen vor mir, ich schwöre dir …"

„Schwört nicht!", sagte sie hastig und glitt in Julias Text.

„Obschon ich dein mich freue,
Freu ich mich nicht des Bundes dieser Nacht.
Er ist zu rasch, zu unbedacht, zu plötzlich,
Gleicht all zu sehr dem Blitz, der nicht mehr ist,
Noch eh man sagen kann, es blitzt."

Lady Anne trat herzu. „Euer Vater bricht auf, Mistress Judith."

Sie folgte diesem und Richard.

„Judith", sagte der Vater, als Richard sich verabschiedet hatte.

„Ja, Vater?"

„Lass es." Vor der Tür drehte er sich um. „Vergiss nie, wer du bist."

Nein, ich vergesse es nicht, Vater. Ich bin Julia, die sich verzehrt nach ihrem Geliebten. Geh und schlafe, schlaft alle. Komm, Nacht! Komm, Romeo, du Tag in Nacht! Und sie schritt lautlos hinein in den Park.

Nur John sah sie, als sie mit offen hängenden Haaren im Morgengrauen zurückkehrte. Die Gäste schliefen noch.

Wenn ich wie Julia sterben müsste – der Tod käme nicht zu früh. Julia auf der Bühne, Julia in seinen Armen – Julias ahnungsvolle Worte vom Blitz kamen ihr wieder in den Sinn. War auch ihr nur eine einzige Nacht der Liebe vergönnt? Hohe Herren, wie Sir Edward verloren nach der einen Nacht schon das Verlangen, sobald die geschlechtliche Neugier gestillt war – doch nicht Edward. Nein, nicht Romeo!

Sie blieb vor ihrer Tür stehen, wo die Eltern stritten.

„Sie ist deine Tochter! Du hast sie preisgegeben. Es begann schon in Stoke!"

„Nein, Jenny. Judith ist bildschön. Hätte sie die Bretter nie betreten und würde sie den ganzen Winter in Vernon Hall die Männerkleider nicht ablegen, so würde der junge Herr doch nicht an ihr vorbeigehen. Auch du kamst nicht als Jungfrau zu mir. Du musstest seinem Vater gehorchen, ob du wolltest oder nicht. Das Kind liebt den jungen Herrn."

„Das macht mir ja Angst!"

„Auch wenn er so wenig liebenswert wäre wie Tybalt, müsste sie seinen Wünschen gehorchen. Ein Nein von ihr, und er könnte uns die Protektion entziehen – dass wir nie mehr auftreten dürfen!"

Judith betrat den Raum.

„Verderbt es nicht!", sagte sie.

Nun begann der schönste Winter in Judiths ganzem Leben. Der Herbst leitete ihn ein mit der Goldfärbung des Laubes im Park. Lady Anne hatte zwar ihrem Bruder Vorwürfe gemacht, weil er nicht gewartet mit seinem Liebeswerben bis zum Abschied der Gäste hatte, aber Genaueres wussten diese nicht. Sie tat, als wisse sie nicht das Mindeste, doch sie folgte ihrem Gatten nicht nach Norfolk, sondern blieb in Vernon Hall.

Mit Judith machte sie sich daran, den Fundus etwas aufzufrischen. Da diese nach dem Verlust des Grünen kein besseres Tageskleid für den Sommer mehr besaß, ließ ihr die Lady ein neues aus rosenholzfarbener Seide nähen. Oft saß Judith in dem behaglichen Turmzimmer und nähte. Oder sie durchstöberte mit ihrem Vater die Schlossbibliothek, auf der Suche nach neuen dramatischen Stoffen, fand auch etwas im „Decamerone“, aber sie kam nicht zum Schreiben, da die Herrschaften sie ständig beanspruchten.

Nach dem im Oktober erfolgten Tode des alten Lords war sie noch öfter im Herrenflügel zu sehen. Lady Anne gab ihr eine Kammer im Damenbau und bestellte sie offiziell zur Vorleserin. Die Trauerzeit beraubte beide Geschwister eines jeden gesellschaftlichen Vergnügens und umso lieber saßen diese an kalten Herbstabenden gemeinsam am Kamin und lasen die Rollen der Schauspieler. Judith in ehrbarem terrakottafarbenen Wollkleid mit spanischer Krause saß dabei als die dritte Person. Der neue Lord las mit Begeisterung den rasenden Orlando, den Helden des „Friar Bacon“ und Lady Anne die Protagonistin Margarethe, Judith die Eleonore. Aus Marlowes „Tamerlan“ lasen die Geschwister den Titelhelden und Zenokrate, die anderen Frauenrollen wurden Judith zugeteilt und sie lasen zusammen die Zwillinge, Adriana und Luciana, Petruchio, Katharina und Bianca.

Wenn auch die Lady alle Primadonnenrollen für sich beanspruchte, so genoss Judith doch diese Abende. Es war fast so gut wie Spielen und bald genügte Edward die Lesung nicht mehr. Sie studierten einige Szenen ein aus „Friar Bacon“ und „Die beiden Veroneser“.

Verkehrte Welt, dachte Judith, als sie die Lady in ihrem sandfarbigen Tupfenkleid als Margarethe sah und sich selbst im lindgrünen Abendkleid als Prinzessin Eleonore. Sie spielten ohne Zuschauer, da die Trauer den Geschwistern Liebhabertheater verbot, doch sie brauchten diese auch nicht. Sie spielten glücklich wie Kinder.

In der Szene zwischen Julia und Silvia spielte Judith diesmal in einem leuchtend aprikosengelben Seidenkleid der Lady mit Mühlsteinkrause die Prinzessin, während die Lady in den Kleidern ihres Bruders sich selbst in der Julia-Rolle genoss. Edward war ihr einziger Zuschauer.

Bei Nacht kam der junge Lord zu Judith, und die Nacht der Julia wiederholte sich immer wieder mit nie verblassendem Zauber.

Doch sie entfremdete sich von den Ihren. Alle außer Matthew duldeten ihre neue Rolle – eine schöne Schauspielertochter und der junge Protektor der

Truppe, das war unumgänglich und für alle nur von Vorteil. Aber sie gehörte nicht mehr zu ihnen, besonders als sie im Februar nicht mehr verbergen konnte, dass sie einen Sohn erwartete. Denn es musste ein Sohn werden!

Jenny war verzweifelt. „Er hat dich in Schande gebracht – meine einzige Tochter! Was wird aus deinem Bastardkind?"

„Ich ziehe ihn auf, was sonst, und ist dies geschehen, so wird er seinen Weg in die Welt schon machen. Er ist nicht der einzige adelige Bastard, Mutter. Sein Vater wird für ihn Sorge tragen, er hat es mir gelobt!"

„Das Wort großer Herren, Judith, gegenüber den Kleinen."

„Er ist nicht wie die anderen, Mutter. Wäre er nicht des Schlosses Erbe, so wäre er einer von uns: Dichter oder Schauspieler! Und welch ein Schauspieler!"

Da stand der Vater auf der Schwelle.

„Kommt herüber, ihr beiden. Wir planen unsere neue Saison. Bald kehren die Schwalben zurück."

Die Aufführungsrechte für den „Romeo" konnte Sir Edward ihnen nicht für öffentliche Vorstellungen geben, sie lagen bei der Burbage-Truppe. Aber das Repertoire wurde erweitert durch die Komödie „Altweibermär".

„Matthew spielt den irrenden Ritter Eumenides", sagte Hilliard. Das war allen klar. „Du, Richard den bösen Sacrapant oder den Huanebango."

„Den Huanebango", sagte Richard. „Dieser Prahler hat komische Seiten, die ich bisher nicht darstellen konnte."

„Nun wohl“, fuhr Hilliard fort, „und als Corebus bist du vorgesehen, Mortimer.“

„Und ich, Vater?“, fragte James enttäuscht.

„Du spielst die alte Madge.“

„*Eine Weiberrolle? Nee, mein Seel'*, wie es im ‚Sommernachtstraum‘ an dieser Stelle heißt. Auch ich habe einen Bart und bin kein Frauenspieler.“

„Bei Madge stört ein Bart nicht. Wir haben zu wenig Frauen.“

„Mistress Judith kann ja für dich einspringen!“, sagte Matthew gehässig.

„Den Leibesumfang hat sie dann!“, hörte Judith einen Jungen flüstern.

Hilliard überging Matthews unverschämten Einwurf. Er brauchte ihn zu dringend als jungen Ritter.

„Du bist Madge, mein Sohn! Ich spiele den verzauberten Erestus, du, Ben, meinen Nachbarn Lampriscus. Und du, Henry, den bösen Zauberer!“

„Eine viel zu kleine Rolle“, murrte dieser.

Judith fühlte die herrliche Spannung des Vorgangs. Ich werde die Rollenverteilung vermissen, dachte sie, diese Höhepunkte unseres Lebens.

„Ihr drei“, der Prinzipal wendete sich zu den Nebendarstellern, „seid die verirrten Pagen. Und nun die Damen. Adam: die geraubte Prinzessin Delia. Tom: die zänkische Zantippa.“

„Die mag ich nicht“, sagte Tom verdrossen.

„Edmund,“ mischte sich Ben Hayes ein, „ob Tom die dazu erforderliche Tollheit und Leidenschaft besitzt?“

„Gewiss nicht, er muss sich mühen, aber er ist zu

lieblich für die hässliche Zelanta. Die spielt Cecil. Und du, John, bekommst zwei Rollen."

„Zwei?", fragte dieser entsetzt.

„Die paar Sätze der Wirtin wirst du wohl im Kopfe behalten. Viel weniger als Lucettas Text. Die andere Rolle, die wahnsinnige Venelia, ist stumm. Ein Kopftuch mit Schürze und Mägdetracht für John, Judith, und ein weißes Hemdgewand mit Schleier und die gelöste und ausgebürstete Perücke in blond."

Prinzessin Delia, nein, ich neide ihnen keine dieser typisierten Frauenrollen. Ich bin und bleibe Julia. Und doch …

„Sieh fröhlich drein, Junge!", ermunterte Hilliard John. „Es wird dir gelingen. Deine Lucetta war hervorragend!"

„Ja, weil Mistress Judith mit mir spielte und mir einsagte!"

„Das tut nun wieder Abraham." Er wies auf den Nebendarsteller, der in Romeo souffliert hatte.

So schnell wird man ersetzt, dachte Judith.

Als sie in den Hof trat, bestieg Lady Anne ihren Wagen und reichte ihr die Hand zum Kusse. Reiste sie wirklich nur ab, weil ihr übergeduldiger Gatte es endlich gebot oder war ihr die nunmehr sichtbare Liebschaft ihres Bruders mit der Vorleserin peinlich?

„Wenn dein Kind geboren ist, kommt sie zurück", raunte ihr der Lord ins Ohr.

„Mein" Kind? Warum nicht das „Unsere"?

„Und auch meine Männer kommen zurück, wenn du wieder tannenschlank bist und spielbereit. Ich hoffe, dich dann mit Master Shakespeares neuester Komödie zu erfreuen."

Sie ging zu ihrem Fundus. Die Stille zwischen den Kleidern verlieh ihr stets einen seltsamen Trost. *Wieder einmal das Goldene für Prinzessin Delia*, dachte sie mit wehmütiger Heiterkeit, *das Scharlachrote für die böse Zantippa, und dazu Celanda – blau oder grün? Und für Madge mein altes Sandbraunes, alle anderen sind dazu zu klein ...*

Als im März die Schauspieler davonzogen, war es Judith beim Anblick des letzten Wagens, als müsse ihr das Herz brechen. Zum ersten Mal war sie getrennt von Vater und Mutter, James und den Gefährten. Auch wenn das Wanderleben Unbequemlichkeiten mit sich brachte, auch wenn sie nicht auftreten und nur im Hintergrund wirken durfte – wie fröhlich war es doch gewesen, wenn sie über einen komischen Versprecher lachten, jedes Mal bei derselben Stelle, und kam sie noch so korrekt, ein ewig junger Scherz, den nur die Schauspieler verstanden. Und damals, als Adams Ring bei der Umarmung sich in Richards Wams verhakte und die beiden nicht mehr voneinander loskommen konnten. Das Publikum hatte nichts gemerkt und die Überlänge der Liebesumarmung für beabsichtigt gehalten. Aber die Mitspieler hatten alle Mühe, ernst zu bleiben und sich nicht vor Lachen zu biegen, beim tränenreichen Abschied des Paares ...

Keine Träne! Befahl sie sich. Der schönste Mann Englands überschüttete sie mit Liebe, und sie liebte ihn. Sie wohnte in einem herrlichen Schlosse. Und unter ihrem Gürtel wölbte sich der Rock. Wie hatte

Mutter gesagt? „Das Bett schenkt dir ein Glück, von dem du jetzt nicht einmal träumst. Das wahre Glück findest du später in deinen Kindern."

Wahr, Mutter. Aber du hast nicht recht darin, dass dies meine Sehnsucht nach der Bühne verlöschen lässt. Im Sommer sind wir alle wieder vereint, und ich spiele für ihn, den einzigen, der mir dies Unmögliche möglich macht. Und dann? Was wird dann aus mir? Wenn dieses Kleine in mir nicht das letzte ist?

Unglücklicherweise musste Lord Vernon jetzt nach London.

„Die Huldigung vor Ihrer Majestät ist nicht mehr aufzuschieben. Ich kenne Euch, in Pagenkleidern würdet Ihr mir nachreisen, wenn er nicht wäre", er legte die Hand auf ihren Leib.

„Auch Ihr verlasst mich?"

„Mrs. Hodges wird für Euch sorgen. Ich sehne mich schon jetzt nach der Heimkehr, liebes Herz. Wenn ich komme, so habe ich eine große Überraschung für Euch. Zürnt mir darum nicht, wenn ich etwas länger verziehe bei Hofe."

Er nennt mich „Ihr", als sei ich eine Dame. Eine Überraschung – einen Dispens? Die Königin würde nie gestatten, dass er mich heiratet, doch ihre eigene Mutter, Anna Boleyn, trug König Henrys Krone und war doch nicht standesgemäß … nein, unmöglich! Aber hatte es nicht auch unmöglich geschienen, dass sie die Elfenkönigin spielte? Wenn dieses Märchen wahr wurde – warum dann nicht auch das andere?

Er küsste ihre Hand und ging, die letzten Vorbereitungen zu treffen. Luke, der Reitknecht, führte das Pferd heraus.

„Blickt nicht so traurig, Mistress!“, sagte er. „Ich schätze, am heiligen Ostertag sind wir zurück, lange bevor Ihr geboren habt. Und wenn die Rosen blühen, kehren die Euren wieder, und Ihr dürft wieder auftreten. Wir durften nichts vom ‚Sommernachtstraum‘ sehen, doch ich schlich mich ins Gebüsch. Im ‚Romeo‘ war ich ein Fackelträger des Maskenzugs und ein Gast des Capulet“, fügte er stolz hinzu. „Ihr wart so schön wie eine Fee als Julia!“

Sie lächelte, aber ihre Gedanken schweiften ab. *Nein, Edward kann mich nie heiraten. Ich, Lady Vernon! Diese Rolle wird man mir nie geben. Aber wie auch immer: Für mich und meine Kinder sorgt der Geliebte. Er ist sein eigener Herr, frei von Vormundschaft und können wir nicht mehr im Schlosse bleiben, so wird er uns eine andere Zuflucht suchen …*

Ostern kam, aber nicht Lord Vernon. Die Veilchen im Park und die blauen Kelche der winzigen Glöckchen wichen den Schlüsselblumen. Aus London kam ein Brief, überfließend von Liebesbeteuerungen. Die versprochene Überraschung dauere etwas länger.

An dem Tage, als die Kletterrosen am Südturm aufbrachen, wurde das Kind geboren.

Es war zu früh und Seine Lordschaft noch nicht da. Sie hatte sich in der Zeit verrechnet, es war allein ihre Schuld.

„Gebt ihn mir!“, sagte sie matt, als alles vorüber war.

Und sie legten ihr das Kind in die Arme: „Eine Tochter, Mistress!“

Auch das war falsch. Warum, o Gott, ein Mädchen? Mädchen durften nicht auf der Bühne stehen und mussten ihre Brüder beneiden. Wunder wiederholen sich nicht. Und unehelich geborene Mädchen finden keinen Gatten. Ihre Tränen fielen auf das kleine Gesicht. Lord Edward kam jedoch noch rechtzeitig zur Taufe. Sie stand in dem rosenholzfarbenen Seidenkleid im Schlosshof und hielt die Kleine im Arm. Er küsste ihre Hand.

„Wie soll das Kindlein heißen?"

„Ihr Name sei Julia!", antwortete sie ohne Zögern.

„Wie auch anders!", lächelte er. „Gebt mir die Kleine."

Judith tat es, und er freute sich des Anblicks.

„Ist der Priester bereit?"

„Ja, Mylord."

„So will ich als Pate das Kind zur Taufe tragen."

Als Pate? Der eigene Vater?

Julia – vielmehr Juliet – wurde in die Gemeinde der Christen aufgenommen. Außer den Eltern waren nur Mrs. Hodges, Luke und seine Mutter zugegen.

Nach der Taufe gingen sie in den Park. In dem von jungem Grün umgebenen Pavillon ihrer ersten Nacht setzten die Liebenden sich nieder. Judith entfernte den weißen Batisteinsatz ihres Kleides und hob ihre Brust aus dem runden Ausschnitt. Julia begann gierig zu saugen.

„Welch liebliches Bild!", sagte Lord Vernon bewegt. „Doch wir müssen eine Amme für das Kind suchen. Ihr, geliebte Judith, habt andere Pflichten."

Große Damen säugen nie ihre Kinder selbst. Auch Julia Capulet hatte eine Amme.

„Die Überraschung!“, sagte sie leise, weil sie die Spannung nicht mehr ertrug.

„Ich kann Euch heute nur einen Teil von dieser enthüllen“, sagte der Lord und zog eine Rolle aus der Tasche.

„Was ist das?“

„Frisch aus der Feder!“, sagte er andachtsvoll, „Shakespeares neuestes Meisterwerk! ‚Der Kaufmann von Venedig.‘ In wenigen Tagen kehren deine Eltern mit unseren Männern zurück, und zur Zeit der Lilienblüte wird es gespielt im Schlosshof, mit dir als Porzia.“

Sie ergriff betäubt das Pergament.

„Freust du dich nicht mehr? Oder bist du so überwältigt?“, fragte er.

„Ich bin es“, erwiderte sie. „Es ist wundervoll. Es war gewiss schwer, das Manuskript zu bekommen.“

„Und ob es dies war! Sonst hätte ich dich nicht allein bei der Geburt in Vernon Hall gelassen!“

„Ich hätte Eurer bedurft, mein geliebter Herr. Es enttäuschte mich, dass Julia das falsche Geschlecht mit zur Welt brachte, und die Zukunft meiner Tochter bedrückt mich so sehr, dass ich mich der Komödie nicht so zu freuen vermag, wie ich gerne möchte. Ein Mädchen ohne Vater …“

„Julia wird nicht ohne Vater aufwachsen. Vertraust du mir so wenig?“

„Oh Edward!“

„Luke wird Julia ein guter Vater sein und dir ein guter Gatte.“

„Luke?“ Judith erstarrte.

„Ja. Er liebt dich. Er ist jung und stark und ein prächtiger Bursche.“

„Und bereit, deine Mätresse zu heiraten?“

„Judith! Welch unzartes Wort!“

„Und was bekommt er dafür?“

„Er wird mein Stallmeister.“

„Ja, so wird derlei ja wohl arrangiert von den Großen.“

„Was ist daran so unvernünftig?“, fragte er voller Unbehagen. „Shakespeare hielt mich auf in London – und – und du sagtest, erst im Juni – sonst wären wir hier gewesen, um dich zur ehrbaren Frau und die arme Kleine ehelich zu machen. Für sie ist es nun zu spät, nicht aber für dich.“

„Das also hattet Ihr im Sinn, als Ihr verspracht, uns zu versorgen!“

„Was sonst? Luke wird gut zu dir und dem Kind sein, das schwöre ich!“

„Und Ihr liefert mich ihm aus? Ihr verschenkt mich wie eine Stute oder eine Perlenkette? Ihr habt nie mich geliebt, Mylord, nur Julia Capulet!“

„Wie schön du bist in deinem Zorn! Meinst du, ich liebe dich nicht mehr? Du geliebte Törin! Aber dies ist der einzige Weg, aus dir eine achtbare Frau zu machen. Dazu brauchst du Luke.“

„Und dann willst du mit ihm teilen? Eine Frau mit zwei Männern ist achtbar, wie?“

„Wenn du es nicht mehr willst …“, sagte er leise. Dann sah er verzweifelt auf. „Wenn du Luke ablehnst, so sage mir, was wir tun sollen.“

„Wenn ich Eure Gattin nicht werden kann, warum es nicht dabei belassen? Um Julia sorge ich mich, nicht um mich und meinen Ruf.“

„Du müsstest einen Ehemann vorweisen können, wenn … ich habe in London meine Verlobte wiedergesehen.“

„Ihr habt – wen?“

„Die Dame, mit der ich von Kindheit an verlobt bin. Blickt nicht so wild, Judith. Ich schwöre Euch, Ihr habt keinen Grund zur Eifersucht. Sie war nie die Dame meines Herzens. Als Knabe von zwölf Jahren wurde ich ihr verlobt, ohne gefragt zu werden, wie es in den großen Familien üblich ist. Ich liebe Euch allein, doch mich bindet das Versprechen, und nach meines Vaters Tod ist, wie man mich sehr deutlich wissen ließ, der Augenblick gekommen, es einzulösen.“

„Und dieser Kontrakt, den zwei Väter vor Jahren unterschrieben, gilt mehr als Euer Glück und das dieser Frau? Mehr als dieses lebendige Kind?“

„Ein Edelmann bricht nicht sein Wort. Meine Heirat ist ebenso unausweichlich und freudlos wie die deine. Die Liebe kann sie nur zerbrechen, wenn du es zulässt.“

„Ich muss allein sein“, Judith griff sich an die Schläfen. „Ich muss nachdenken … ich kann jetzt nichts entscheiden.“

„So geh!“, sagte er traurig. „Am Ende siegen doch die Montague und die Capulet. Nur in der Poesie triumphiert die Liebe. Wir alle sind die Opfer unserer Herkunft.“

Auftauchend aus einem Meer von Tränen bemühte Judith ihre Vernunft. Sie war gewarnt worden. Von Mutter. Von Matthew. Ihr war nicht Gewalt geschehen. Sie musste selbst ihr Leben in die Hand nehmen. Das aber hieß: Ehe mit Luke. Was sollte aus ihr und der armen Julia werden, wenn sie sich weigerte? Doch ein Mann, der sich kaufen ließ …

Nein. Er ließ sich kaufen, weil er sie liebte. Die einzige Entscheidung, die ihr blieb, war die, als heimliche Geliebte Lord Vernons in der Todsünde des Ehebruchs zu verharren, was schon um Julias willen kaum möglich war, oder mit Luke und dem Kind, fern von Vernon Hall, ein neues Leben zu beginnen, sofern er bereit war, dort, wo niemand ihre Vergangenheit kannte, Julia als seine eigene Tochter anzuerkennen und aufzuziehen. Nur um Julias willen. Nur, wenn der Mann schwor, Julia zu seiner Tochter zu machen und alles hinter sich zu lassen, auch die Ställe Seiner Lordschaft. Dann erst bewies er seine Liebe.

Sie sah, dass sie das Manuskript noch in Händen hatte und warf es zornig von sich. Das war ihm dringender als die Geburt seines Kindes – sollte er sich doch seine Porzia suchen. Adam war wieder gesund.

Aber damit vertat sie die letzte Chance, auf den Brettern zu stehen. Mit Luke verließ sie alles, was ihrem Leben Sinn gab außer der Mutterschaft.

Sie blätterte im Manuskript. Porzia und Nerissa. Der Dialog: Nur ein Abklatsch der anderen Julia und Lucetta. Herrin und Zofe: Welchen Mann soll ich nehmen? Darüber war sie hinaus. Aber dann …

Sie saß in ihrer Kammer neben dem schlafenden Kind und legte den „Kaufmann“ nicht aus der Hand, bis sie fertig war.

„Ich will Porzia spielen!“, sagte sie laut. Mochte danach kommen, was wollte. Luke würde warten. Sie wollte dieses venezianische Edelfräulein sein, das Glück ausstrahlte und geliebt wurde, dem alles gelang, das alles zum Besten führte. Es war eine Flucht vor dem eigenen Unglück, und sie wusste das. Aber sie konnte nicht anders – und begann zu lernen.

Als Lady Anne ankam und Judith in ihrem alten Leinenkleid sah, schüttelte sie den Kopf.
„Wie finde ich Euch? Ist Euer Seidenkleid beschädigt?“

„Nein!“, sagte Judith hart. „Dieses Kleid ist gut genug für die Braut eines Reiterbuben!“

Anne seufzte.

„Führt mich zu dem Kind Julia, ich bitte Euch!“

Sie geleitete die Dame in ihre Kammer, wo die Kleine schlief.

„Sie zwingt dich zu einer Ehe, die du nicht willst“, sagte die Lady halblaut, „und doch bist du glücklich zu preisen! Wäre ein solcher Engel mein …“

„Sie wird nie erfahren, wer ich vor meiner Ehe war. Porzia ist meine letzte Rolle.“

„Ich habe für dich einen Goldbrokat, in dem ich ursprünglich zu Hofe gehen wollte. Die Vorstellung ist wieder auf den Abend angesetzt. Im Mittsommer ist es lange hell. Erst der fünfte Akt wird das Dunkel bringen, wie es Master Shakespeare vorschwebte. Dann trägst du türkisfarbenen Samt, weder blau noch grün, vielmehr dazwischen. Alles nach venezianischem Schnitt. Im dritten Akt ein leichteres Kleid aus aprikosenfarbener Seide als Hauskleid, da nehmen wir das der Julia. Auch die Knaben müssen endlich einmal neue Kleider bekommen, ebenfalls venezianisch, doch mit höher geschnittenen Miedern und Floreinsätzen mit kleinen Halskrausen. Für Jessica nach dem Kaftan ein sehr reiches schwarzes Samtkleid – ihr Vater bejammert ja, dass sie sein Geld vergeudet – und in der Schlussszene kann sie mein wasserblaues Morgengewand tragen."

„Ist sie so huldvoll, weil sie sich schämt?", dachte Judith.

„Für Nerissa habe ich ein weidengrünes Gewebe, das mit deinen Kleidern harmoniert. Wird der niedliche Blonde sie spielen?"

„Das vermute ich, wenn Adam als Jessica auftritt."

Als sie wieder den Hof betrat, suchte Luke so etwas wie eine Werbung vorzubringen. Sie wich aus.

„Nach dem Spiel, Master Henley, werden wir über das alles sprechen."

Dann kam Lord Vernons Truppe zurück mit der Familie. Nun erst fühlte Judith, wie schmerzlich sie alle vermisst hatte.

„Wie ist alles gelaufen?"

„Gut, zur vollen Zufriedenheit."

„Nur du hast uns gefehlt!", sagte James.

Und Adam sagte treuherzig: „Ich habe von Euch gelernt, Mistress Judith. Ich habe die Titania ganz wie Ihr gespielt und viel Lob bekommen."

Lady Annes Magd war jählings wieder „Mistress Judith". Sie war gerührt.

„Was spielst du im ‚Kaufmann'?", fragte sie.

„Da Ihr Porzia seid, soll ich Jessica sein. Was ist das für eine Rolle? Nicht einmal Euer Vater kennt das Stück."

„Es ist eine junge Jüdin, die ihrem abscheulichen Vater entflieht."

„So wie ‚Abigail' im ‚Juden von Malta'?"

„So ähnlich, aber nicht so traurig. Das Stück ist nicht so böse wie der ‚Jude von Malta'. Jessica wird glücklich mit ihrem christlichen Gatten Lorenzo. Du bekommst ein neues Kostüm aus schwarzem Sammet."

Das gefiel Adam. Judith packte überglücklich den Fundus aus. Ihre Mutter überschüttete sie mit Fragen nach Julia.

„Wäre sie nur ein Knabe! Sie wird es noch schwerer haben ohne Vater."

„Ich heirate nach dem Spiel Luke Henley, den Stallmeister Seiner Lordschaft."

„Gott sei Lob und Dank, dass du noch unter die Haube kommst."

„Ich tue es nur für Julia. Kommt heute Abend alle zusammen in unserem Quartier. Ich gebe Vater das Manuskript und schildere euch den Gang der Handlung."

Wie herrlich war es, wieder zu proben, mit Cecil, der die Nerissa spielte, zu lachen und mit Richard um die beste Lösung der Szene zu streiten!

Zwei Tage vor der Aufführung probierte Judith die Kostüme. Lady Anne hatte sich selbst übertroffen.

„Du bist wunderschön, Judith. Wolltest du etwas sagen?"

„Es verwundert uns alle, Mylady, dass keine Vorbereitungen für das Publikum getroffen werden. Weder Haushofmeister noch Köchin."

„Es gibt kein Publikum."

„Wie …?" Das gab es doch nicht! Und der ganze Aufwand!

„Es gibt nur vier Zuschauer: Meinen Gatten und mich, Seine Lordschaft und seinen Gast, einen berühmten Mann, der jede Anstrengung lohnt. Sage das deinen Leuten."

Ohne Publikum! Vier Zuschauer, die sich im Dunkel verloren! Einmal hatte sie für einen nur die Julia gespielt und alle anderen hätte sie leicht entbehrt. Aber das war für immer vorüber. Armer James! Er mochte diese Schlossspiele ohnedies nicht, er liebte die Marktplätze und Gasthöfe, wo über seine Witze vor Lachen gebrüllt wurde.

„Ich muss es dir sagen, Judith. Lady Catherine ist sehr fromm und verabscheut das Theater wie ein Puritaner."

„Lady Catherine?"

„Edwards Verlobte. Sie wird keine Spiele mehr im Schloss dulden, wenn sie – noch in diesem Jahr – hier die Herrin wird. Porzia ist leider deine letzte Rolle, denn öffentlich darfst du nie auftreten."

„Das wird Mistress Henley auch im Schloss nicht mehr dürfen, mit oder ohne Lady Catherine. Aber was wird aus der Truppe?"

„Keine Sorge, mein Kind. Mein Bruder wird euch nicht seine Protektion entziehen. Er liebt Lady Catherine zu wenig, um ihr solchen Einfluss zu gestatten. Nur hier im Schlosse wird es keine Vorstellungen mehr geben. Und nun zu dir, Judith. Lady Catherine hat von Titania und Julia erfahren. Edward ist wütend auf seine Freunde und will den ‚Kaufmann von Venedig' nur mit einem einzigen teilen. Wenn Lady Catherine hier die Herrin ist, kannst du nicht im Schloss bleiben. Edward wird Henley ein eigenes Haus geben, nahe genug, dass er seinen Dienst verrichten kann, fern genug, um zu verhindern, dass du der Lady ständig begegnest. Und ich rate dir sehr, von deiner Liebe Abschied zu nehmen. Lady Catherine wäre fähig, dich vor ein kirchliches Gericht zu stellen."

„Ich habe bereits Abschied genommen. Ich habe zwar meine Jungfräulichkeit nicht bewahrt, aber ich bin keine Ehebrecherin!", sagte Judith feindselig.

„So gib meinem Bruder, der dich in den Grenzen, die sein Stand ihm setzt, immer lieben wird, in ‚Porzia' ein Abschiedsgeschenk. Eine letzte Erinnerung an einen Traum, der auch für ihn nie wiederkehrt! Glaube mir, er heiratet Lady Catherine nicht lieber als du Luke Henley!", setzte sie hinzu. Aber Judiths Gesicht blieb starr.

„Ihr könnt ihm nicht vergeben, Judith – so seid ihm feind, vermögt Ihr es nicht anders. Doch gebt noch ein letztes Mal Euer Bestes auf der Bühne nicht für ihn, doch für unseren einzigen Gast – Master Shakespeare!"

„Shakespeare!"

„Er wird einmal eine seiner Frauengestalten sehen, wie er sie erträumte."

Shakespeare! Vor diesem Namen versank alles andere.

„Ich muss zur Probe, Mylady!"

„Hier kommt Bassanio, Euer edler Vetter,
Gratiano und Lorenzo. So lebt wohl,
Wir lassen Euch nun besserer Gesellschaft."

Judith stand neben ihrem Vater, welcher Shylock spielte, während auf der Bühne die Gespräche um Antonio – den Henry darstellte – weitergingen. Sie starrte auf den dunkelgekleideten Mann mit sich lichtendem Scheitel, der unauffällig neben dem schönen und mit Spitzenkrausen gezierten Edward saß.

Salarino und Salanio traten ab von der Bühne.

„Das ist der Autor?", fragte einer.

„Das ist er. Ihr müsst euch bemühen wie nie zuvor!", flüsterte Hilliard.

Sie nickten. Für sie war Master Shakespeare ein erfolgreicher Poet und Mitglied der Burbage-Truppe, zu der er anwerben konnte, wer ihm gefiel. Nur Judith und ihr Vater ahnten den Genius. *Er ist es, der Julia erschuf,* dachte sie. *Nie hat er seine Frauengestalten dem Spielvermögen der Knaben angepasst, wie es die Greenes, die Peeles und andere tun.* Nervös strich sie ihr Haar glatt, das an den Schläfen zurückgebürstet war und offen über den goldenen Gürtel hing. Dies war ihres Lebens Sternstunde – das Höchste, was Gott ihr gab vor dem unaufhaltsamen Abstieg.

Abgang der Männer. Belmont. Nerissa spielte der muntere Cecil.

„Bei meinem Eide, Nerissa, mein kleines Ich ist dieser großen Welt müde!"

Ja, sie war dieser Welt müde, die für Frauen nichts bereit hielt als lieblose Ehen und die Mutterrolle. Einer

Welt müde, in der Liebe und Freiheit wie Träume vergingen.

Nerissas praktische Sentenzen folgten. *Wie Mutter. Sie ist glücklich, dass ich unter die Haube komme!*

„*Gute Ratschläge und gewandt vorgetragen!*“, erwiderte sie ironisch.

> „*Es wäre besser, sie zu befolgen.*“
>
> „*Wenn dies so leicht wäre, als zu wissen, was das Gute ist, so wären Kapellen Kirchen und die Hütten der Armen Fürstenpaläste! Ich kann leichter Zwanzig lehren, wie man Gutes tut, als einer der Zwanzig sein und meiner eigenen Lehre folgen. Der Verstand mag der Leidenschaft Gesetze diktieren, doch das heiße Blut überspringt ein kaltes Gebot …*“

Hier saß keine verwöhnte Erbin und erging sich in geistreichen Reflexionen: Erstaunt fühlte der große Dichter die Melancholie seines Geschöpfes, die verwandte Saiten in ihm anschlug.

Dem jungen Lord traten Schweißtropfen auf die Stirn, er war es, der die kalte Vernunft der Welt über das heiße Herz gestellt hatte. Nun plätscherte der Dialog dahin, der Judith an „Die beiden Veroneser“ erinnert hatte. Man lächelte nur über Porzias Freier, ohne zu lachen. *Luke ist ihr nicht mehr als die Freier Porzias,* dachte Anne. *Arme Judith!*

Der Aufschrei drang ihr ins Ohr:

> „*Ist es nicht hart, Nerissa, dass ich niemand wählen oder ablehnen kann?*“

Auch Porzia war an einen fremden Willen gebunden, wie Anne, Judith und alle Frauen ihres Jahrhunderts.

Der Prinz von Marokko wurde angekündigt, und die Szene wechselte. Jenny half Judith in das kostbare Goldkleid für die Freierproben. Und wiederum stand sie auf der Bühne.

„In meiner Wahl folge ich nicht allein
der holden Neigung eines Mädchenherzens.
Und meines Schicksals fest gefügtes Spiel
Beraubt mich meines Rechts auf freie Wahl.
Doch hätte mich mein Vater nicht gebunden,
Und mich verpflichtet, dem mich hinzugeben
Als Eheweib der mich nimmt; wie ich Euch sagte,
Durch dieses Mittel, dann, mein edler Prinz,
So stündet Ihr so hoch in meiner Gunst
Wie jeder, der um mich zu werben kommt!"

Ihre Stimme klang so höflich kalt, als spreche sie zu Luke. Der Prinz erklärte sich wortreich. Nach dem Abgang kam James als Lancelot Gobbo.

Ihm fehlte sein Publikum, nur Lord Bedingfeld lachte. Der zweite Akt ging heiter und anmutig dahin bis zur siebenten Szene.

Judith verfolgte gebannt das Spiel ihres Vaters, der die Tragik des verachteten und in sich verbissenen Juden sichtbar machte. Er bot keinen Bösewicht dar, wie den zutiefst antisemitischen „Juden von Malta." *Nie war Vater so gut,* dachte sie. *Ach, sind nicht auch wir Ausgestoßene?* Nun kam wieder der Prinz von Marokko. – *Ach, auch Edward hat das goldene Kästchen gewählt, und seine Schwüre waren so falsch wie die des Prinzen!*, dachte sie während Marokkos Monolog. Auch der Prinz von Aragon wählte das falsche Kästchen.

Nun kam der dritte Akt: mit dem großen, hasserfüllten Bekenntnis Shylocks und der Liebesszene mit Richard – Bassanio, das Herzstück der Porziarolle.

„Wie jede Regung fort die Lüfte tragen,
Gedanken, Zweifel, ungestüm Verzagen!
Grünäugige Eifersucht, so schaudernd bang,
O Liebe, mäß'ge deiner Freuden Überschwang
Und mindre deiner Wonnen Seligkeit,
Damit ich nicht vergeh!"

Verschwunden war die Verbitterung der Eingangsszene. Sie war wieder das Mädchen, das die Julia spielte. Das im Park sich hingab, und doch viel stärker und gereifter als die weiche Julia Capulet, sich ihres Eigenwertes bewusst:

„Ihr seht mich, Don Bassanio, wo ich stehe ..."

Eine überschwänglich Liebende und stolze Herrin, die mit dem Ringe alles gab und alles forderte. Nun ging das Spiel weiter. Großherzig tilgte Porzia Antonios Schulden und empfing Shylocks Tochter Jessica. Und als der dritte Akt seinem Ende zueilte, kam die Szene mit dem Nebendarsteller Balthasar:

„... nimm diesen Brief,
Und eile du mit ganzer Manneskraft
Nach Padua: dort lege dieses Schreiben
In meines Vetters Hand, Doktor Bellario,
Sieh, welche Nachricht er und Kleidung gibt ..."

Und nun folgte das Gespräch mit Nerissa:

„Nun komm, Nerissa, ich hab mir erdacht,
Was du noch nicht weißt. Wir sehn unsre Männer,
Eh sie dies ahnen."
„Werden sie dies sehn?", zwitscherte Nerissa.
„Jawohl, Nerissa, doch in solcher Kleidung,
Dass sie uns mit dem ausgestattet glauben,
Was uns doch fehlt. Ich halte jede Wette,
Wenn wir wie junge Männer gehn gekleidet,
Bin ich der hübschre Knabe von uns zweien,
Und trag den Degen tapferer als du."

Sie verließen die Szene und Matthew und Adam traten auf als Lorenzo und Jessica. Sie machten ihre Sache gut, aber Judith achtete ihrer nicht mehr. Sie spürte die Männerkleider auf ihrer Haut für den vierten Akt.

„Die Szene ist ganz wie die von Julia und Lucetta!", flüsterte der ebenfalls umgekleidete Cecil. „Master Shakespeare wiederholt sich."

Das gilt wohl für Lucetta und Nerissa, dachte Judith. *Porzia ist auch in dieser Szene über seine erste Julia weit hinausgewachsen.* Sie dehnte die Glieder. *Endlich wieder Hosen und Beinkleider! Porzia bricht auf nach Venedig, um dem Chaos und dem Unrecht ein Ende zu setzen. Sie fragt nicht nach Rat oder Erlaubnis, sie tut, was ihr recht erscheint, obgleich sie nur eine Frau ist. Und ich tue es ihr nach.* „Vergiss nie, wer du bist!", *sagte Vater einst. Und ich weiß wieder, wer ich bin. Nicht Lord Vernons verschenkte Geliebte. Nicht Luke Henleys gehorsames Eheweib, sondern die Tochter des Prinzipals.*

Die Gerichtsszene. Luke saß dabei in einem Domino Seiner Lordschaft als einer der Senatoren, aber Judith störte sich nicht daran. Frei und gelöst wandte sie sich dem starrsinnigen Shylock zu:

„Die Art der Gnade weiß von keinem Zwang,
Sie fließt als sanfter Regen aus dem Himmel
Auf unsre Erde nieder, zwiefach selig:
Sie segnet den, der gibt und den, der nimmt ...“

Und nun die spannende Szene, totenstill saßen die Zuschauer, als die Klugheit Porzias sich gegen Shylocks unbarmherzigen Rechtsanspruch richtet.

„Eine solche Komödie hat Master Shakespeare noch nie geschrieben!“, raunte Lord Bedingfeld seiner Frau ins Ohr.

Eine Komödie, hinter deren Heiterkeit Tränen glänzten. Die Verzweiflung des Juden, Antonios Versuch, ihm Gnade zu erweisen, die dieser selbst verachtete, doch ist die daran geknüpfte Bedingung, Christ zu werden, für Shylock unerfüllbar.

Als er mit bitterem Lachen, das keiner der Zuschauer vergaß, die Szene verließ, versanken diese in tiefes Schweigen. *Ist die Shylock erwiesene Gnade wirklich Gnade,* sann Lady Anne, *oder doch nur Heuchelei, Hohn der Sieger?* Sie bedauerte den Juden, was nicht in der Absicht des Dichters gelegen haben mochte. Er hatte den Shylock böse und mit bissiger Feder gezeichnet, doch wie menschlich erschien dieser Jude selbst in seinen Fehlern gegen Marlowes monströsen und furchtbaren „Juden von Malta!“ Und nun forderte die verkleidete Porzia den Ring von Bassanio zurück, und er, der die Probe mit dem bleiernen Kästchen bestanden hatte, versagte in der Ringprobe. Er verstand es, zu wählen, doch nicht, zu bewahren. Die Gesetze der Männerwelt, das Zureden Antonios trieb Bassanio zum Verrat an Porzias Liebe. Judith begriff jäh, dass Edward nicht besser und nicht schlechter als Bassanio war. Er liebte sie, wie dieser Porzia, aber über seiner Liebe standen Standesehre und das kalte Gebot des Verstandes.

Als im fünften Akt der Vollmond aufstieg, begannen Lorenzo und Jessica ihre wunderbare Liebesszene.

Judith legte ihr letztes Bühnenkostüm, das venezianische Samtkleid, an. Sie ging zu ihrem Vater.

„War ich gut?“, fragte er angstvoll.

„Ihr wart wundervoll, Vater.“

„Nein, nein! Ich habe den Schluss verdorben. Master Shakespeare wird ungehalten sein. Ich hätte demütiger die Szene verlassen müssen.“

„Demütig? Ihr wart ein gebrochener Mann. Meint Ihr, Master Shakespeare verargt es Euch, dass Ihr den Juden so menschlich gabt? Er ist kein Dechant der Kirche! Lasst Marlowe sein Scheusal Barabas.“

„Judith, ach mein Kind, wie wirst du mir fehlen! Du findest stets das rechte Wort. Und verstehst mehr von der Muse Thalia als die alle zusammen. Ja, sie hat dich gesegnet!“

„Darum ziehe ich mit euch. Ihr werdet mich nicht mehr vermissen. Morgen sitze ich wieder auf Mutters Wagen.“

„Werden sie dies gestatten?“

„Ich frage niemand, mein Vater.“

„Du weißt, dass nun dein letzter Auftritt naht? Dass du nie wieder …“

„Ich weiß, Vater, aber ich gehöre zu euch. Rollenverteilung und Proben und der letzte Abend … ich muss dabei sein. Nur dabei sein, darüber sprechen, während ich Kostüme ausbessere. Sprechen und vielleicht auch schreiben.“

„Und das Kind?“

„Das nehme ich mit, und sie wird mein Leben teilen wie ich das Mutters.“

„Bedenke es wohl, Judith! Keine übereilten Entschlüsse! Achtung! Dein Auftritt!“

Porzia und Nerissa kehrten zurück. Über ihnen leuchteten silbern die Sterne der Mittsommernacht. Die Leichtigkeit der Komödie triumphierte im Ringstreit des zweiten Paares, und Porzia nahm den Ton auf, strafte den Geliebten durch gespielte Eifersucht, und sie kokettierte mit der seinen. Erst sein beschämtes Flehen erweichte ihr Herz, und sie wurde erkannt als Retterin Antonios.

Es war zu Ende. Für immer und endgültig: zu Ende. Judith sah, wie der Haushofmeister ihrem Vater die Börse brachte und wie Master Shakespeare auf ihn zuging. Sie floh die anderen, nur fort in den Park! Zu Ende! Zu Ende! Edward. Porzia. Nur eine Wahl gab es noch: mit dem Kind ins Ungewisse zu ziehen oder Luke Henley. Morgen früh zog die Truppe weiter. Morgen wollte Luke Antwort haben, und die sorgenvollen Worte ihres Vaters hatten sie wieder unsicher werden lassen. Weinend lehnte sie sich gegen den Stamm einer Ulme.

„Der Mond scheint hell! In solcher Nacht wie dieser,
Als sanft der Wind der Bäume Wipfel küsste ...“,
sagte eine Männerstimme im Dunkel.

„Hört auf!“, schrie Judith heftig. „Julia und Porzia sind nicht mehr! Sagt Eurem Stallmeister Verse von der Liebe auf, hoher Herr!“

Doch die Stimme fuhr unbeirrt fort:

„In solcher Nacht stieg Troilus zur Mauer
Und seufzte zu der Griechen fernen Zelten,
Wo Cressida lag schlafend.“

„Master Shakespeare!“, rief Judith erglühend und schlug die Hände vor das Gesicht. „Verzeiht, ich dachte ...“

Er bedeutete ihr zu schweigen. Seine Hände umfassten ihr Kinn, und die Finger wischten die Tränen von ihren Wimpern.

„In solcher Nacht ...“, zitierte er leise.
Und sie setzte Jessicas Satz hinzu:
„ ... schlüpft Thisbe überm Taue furchtsam hin
Und sah des Löwen Schatten eh ihn selbst,
Und floh entsetzt hinweg.“ –
„In solcher Nacht wie dieser,
Stand Dido mit der Weide in der Hand
Am wilden Meeresufer und sie winkte
Den Liebsten sich zurück zum Strand Karthagos!“,
fuhr er fort.
Und sie konnte nicht anders:
„In solcher Nacht wie dieser
Pflückte Medea jene Zauberkräuter
Die den Aeson verjüngten.“

„In solcher Nacht wie dieser,
Stahl Jessica sich von dem reichen Juden
Und rannte aus Venedigs Mauern fort
Weit bis nach Belmont."
„Und in solcher Nacht
Schwor ihr Lorenzo, dass er heiß sie liebe
Und stahl ihr Herz mit vielen Treueschwüren
Wovon nicht einer echt war."
„In solcher Nacht
Verleumdete die süße Jessica
Wie eine kleine Hexe ihren Liebsten,
Und er vergab es ihr."

„Ihr lächelt wieder, Mistress Judith!", sagte Shakespeare. Ihr Lächeln schwand.

„*In solcher Nacht wie dieser*, nein, der Liebe Schwüre sind nicht echt. Nicht die der Männer. Demetrius, Lysander, Proteus, Lorenzo und ..." sie biss sich auf die Lippen. „Auf einen Romeo kommt ein Dutzend Lügner."

„Kann nichts Euch trösten?"

„Master Shakespeare", bat sie, „wenn Ihr es vermögt, so sagt mir noch einmal Lorenzos Worte über die Sterne und die Musik."

Er sammelte sich und begann:

„Wie süß das Mondlicht auf den Hügeln schläft!"

Sie lauschte stumm den Worten.

„Sieh, Jessica, sieh wie die Himmelsflur
Ist eingelegt mit Scheiben hellen Goldes!
Da ist kein Kreis so klein, den du erblickst,
Dass Engel nicht in seiner Schwingung singen,

Im Chore mit den kleinen Cherubim.
Und solche Harmonie ist in der Seele,
Doch da dies schmutzige Kleid des Verfalls
Sie dicht umhüllet, hören wir sie nicht."

Und er sprach weiter die wundervollen Verse, während sie einmal Jessicas Einwand brachte:

„Der Mensch, der die Musik nicht in sich trägt
Und nicht bewegt wird von der Macht der Töne
Ist zu Verrat und Hinterlist bereit,
Sein Geist ist dunkel wie die tiefe Nacht
Und seine Glut finster wie Erebus:
Vertraue solchem nicht! – Lausch der Musik!"

Sie schwiegen lange. Dann legte Judith ihr Gesicht an Shakespeares Brust.

„Warum ist die Poesie stets wunderbarer als die Wirklichkeit, Master Shakespeare?", fragte sie leise.

„Sie ist das Geschöpf unserer Sehnsucht", erwiderte er. „Nie sind wir gesättigt. Doch es gibt Augenblicke, da wir die Musik der Sphären hören. An diesem Abend gabt Ihr mir Porzia, wie ich sie erdachte. Dies bleibt, Judith. Einmal warst du Porzia. Dieser Abend ist vergänglich, aber nicht minder wirklich als das graue Morgen, das auch einmal vergangen sein wird."

„Geht nicht!", flüsterte sie. „Lasst uns der Musik der Sterne lauschen."

Am anderen Morgen ging Judith in ihrem alten Leinenkleid festen Schrittes auf den Stall zu. „Bleibe Porzia!", hatte Shakespeare zum Abschied gesagt.

Sie hatte ihn nicht ganz verstanden, aber nun erinnerte sie sich der Worte, die Porzia zu dem Prinzen sprach:

„Ihr müsst Euer Schicksal nehmen,
Es überhaupt nicht wagen oder schwören,
Bevor Ihr wählt, wenn Ihr irrig wählt,
In Zukunft nie von irgendeiner Frau
Von Eh zu sprechen, also seht Euch vor!“

Und so ging sie, Luke Henley der Kästchenprobe zu unterziehen.

„Meine Leute ziehen fort!“, sagte Judith geradewegs, „und ich ziehe mit ihnen. Folgt Ihr mir?“

„Seine Lordschaft wird dies nicht gestatten!“, sagte Luke entsetzt. „Er hat mir die Stellung eines Stallmeisters geboten.“

„Weil Ihr seine Buhle zum Weib nehmt. Dies ist Euer Lohn und seine Bequemlichkeit. Was aber ist mein Vorteil?“

„Ich gebe Euch meinen Namen, Mistress Judith, und nehme Eure Schande von Euch und Eurer Tochter.“

„In den Augen Gottes, Master Henley, doch nicht in denen der Menschen. Die Anwesenheit der Lady Catherine würde uns eine Wohnung im Schloss ohnedies verwehren. Aber niemand, niemand hier wird je vergessen, dass ich Lord Edwards Hure war, und niemand mein Kind für das Eure halten. Nur in der Fremde wird niemand an der ehelichen Geburt meiner Julia zweifeln. Darum frage ich Euch: Wollt Ihr mit mir gehen? Ich gelobe, Euch ein treues Weib zu sein.“

„Unter den Wanderkomödianten? Das kann nicht Euer Ernst sein. Und wie sieht dort Eurer Tochter Zukunft aus?“

„Ich hätte Besseres für sie gewünscht, das ist wahr. Wäret Ihr bereit, Derbyshire zu verlassen und uns in der Fremde von Eurer Hände Arbeit ehrenhaft zu ernähren, wenn Ihr nicht unter die Komödianten gehen wollt?“ Sie atmete tief und bereute bereits die Frage.

„Wie kann ein Reiterbube, wo auch immer, Weib und Kind durchbringen? Wenn Ihr trotz Eurer Schande das Angebot Seiner Lordschaft, so wenig zu schätzen wisst …“

„Ihr habt das goldene Kästchen der Stallmeisterei gewählt“, sagte sie erleichtert. „Und so bin ich Eurer frei und ledig und kann mit den Meinen ziehen.“ Und sie wandte sich um und verließ leichten Schrittes den Stallhof.

Sie trug schon wieder die, ach wie lang, entbehrten Männerkleider, als man sie in den kleinen ummauerten Rosengarten der Lady Anne entbot. Man ließ ihr nicht die Zeit, sich umzukleiden. Wie Viola musste sie als Mann vor des Hauses Dame treten. Sie entschuldigte sich bei Lady Anne für ihren Aufzug. Dann erst sah sie den Lord aus dem Laubengang treten.

„Ihr habt Euch gegen meine Pläne entschieden, Euch zu versorgen!“, sagte er gekränkt. „Ich kann Euch nicht halten, Judith, doch Julia ist auch meine Tochter, und ich lasse nicht zu, dass sie mit Euch über die Straßen zieht.“

„Ich kann mir nicht denken; dass Eure Lordschaft Julia als Hochzeitsüberraschung Lady Catherine präsentieren wollen!", sagte Judith hart. „Auch als Mistress Henley könnte ich nicht in Vernon Hall bleiben, ohne Euch die Hölle einer Ehe zu bereiten!"

Die Lady hob die feine Hand. „Edward, ich bitte Euch, dies führt zu nichts. Lasst uns allein, bitte!"

Als er gegangen war, strich sie die umfangreichen rosa Seidenröcke zusammen. „Setzt Euch neben mich, Mistress Judith. Wir sind allein, und ich habe Euch zu viel zu sagen, als dass Ihr dies stehend hören könntet."

Judith setzte sich jedoch ins Gras zu Füßen der Lady, was die Männertracht leicht gestattete.

„Luke Henley ist ein stattlicher und dazu ein in Euch verliebter Bursche", begann Lady Anne. Judiths Mund verhärtete sich. „Die meisten Mädchen in Eurer Lage hätten meinem Bruder die Hand geküsst vor Dankbarkeit und Luke genommen. Blickt nicht so finster drein. Ich weiß, Ihr seid keine Dienstmagd oder Farmerstochter, und ich bezweifelte von Anbeginn an, dass Ihr Luke nehmen würdet. Nun aber habt Ihr kein Heim für Euer Kind. Kann sein, dass Ihr unter den Komödianten einen Vater finden werdet für sie, doch keine Heimat. Ich bezweifle, dass für ein Mädchen das Wanderleben erstrebenswert ist."

Sie schwieg und fuhr fort: „Mein Gatte weilte den ganzen Winter über und länger in London. Meine Gebete um ein Kind wurden nicht erhört, obgleich ich seit drei Jahren schon vermählt bin und weder mir noch meinem Gatten in diesem zarten Punkte Vernachlässigung der Ehepflicht vorzuwerfen habe. Frauen in meiner Lage kommen auf die seltsamsten Gedanken. Manche zeigen alle Anzeichen der Schwangerschaft, doch ohne empfangen zu haben. Eine solche Gewalt ließ ich den Kindeswunsch nicht über mich gewinnen. Doch im Frühling gedachte ich sehr oft Eurer und Eurer Erwartung. Suchte mir die ersten Regungen Eures Kindes vorzustellen, und da ich Euren gesegneten Leib nicht berühren durfte, liebkoste ich den meinen, als sei er voll jungen Lebens. Trug Kleider mit verstellbaren Miedern, wie es die hoffenden Frauen tun, und entwickelte absonderliche Essgelüste. Zuerst war dies nichts als ein Spiel der Phantasie, doch als mir von Eurer glücklichen Entbindung und meines Bruders Plänen für Euch Kunde wurde, ahnte ich, dass Ihr nicht des Stallmeisters Weib werden wolltet und erhielt mein Spiel aufrecht. Ich polsterte meine Röcke mit Kissen, und niemand außer meiner alten, mir unverbruchlich ergebenen Amme, welche meine Wäsche besorgt, wäre verwundert, wenn ich mit meinem Wiegenkind nach Oxburgh Hall heimkehrte. Kurz, es kostet Euch nur ein Wort und Julia wird als meine Tochter in Norfolk leben und erzogen werden."

„Aber Mylord Bedingfeld …" stotterte Judith.

„Er ist mit dieser Lösung einverstanden. Ihn in diesem Punkte zu betrügen wäre schwärzeste Undankbarkeit. Ihr werdet wohl bemerkt haben, dass Mylord erheblich älter ist, als ich es bin und mich vergöttert wie Romeo die Julia. Er erfüllt mir jeden Wunsch, ob Shakespearevorstellung oder Kinderwunsch, und zudem hat er das gütigste Herz, das ich kenne. Er würde es Eurem kleinen Mägdlein so rückhaltlos schenken wie ich das meine, und Julia müsste weder Vater- noch Mutterliebe entbehren. Missversteht mich nicht, Judith. Ich will nicht eine Mutter ihres Kindes berauben. Doch Ihr müsset Euch entscheiden, und dies sogleich. Wenn Ihr mir Julia gebt, so muss es für immer sein. Solltet Ihr später noch Ansprüche erheben, so müsste ich Euch um Julias willen Lügen strafen und als Eure erbitterte Feindin gegen Euch vorgehen. Bleibt Ihr jedoch bei Eurer Entscheidung, so werdet Ihr – wie sie auch ausfalle – stets in mir eine treue Freundin finden."

„Und wenn Gott Euch selbst noch ein Kind schenkt, Mylady?"

„Das steht nicht zu erwarten, da mein Gemahl auch in seiner ersten Ehe kinderlos blieb. Doch selbst wenn dieses Wunder geschehen sollte, würde dies an meinen Empfindungen für Julia nichts ändern. Sie wäre die ältere Schwester meiner Kinder. Wäre sie ein Knabe, so hätte ich Euch diesen Vorschlag nie unterbreitet. Die Erbfolge unseres Hauses stünde auf dem Spiel, und wir könnten diesen Knaben weder ausschließen noch jüngeren Kindern unseres Blutes vorziehen. Ihr aber hättet aus Eurem Sohn einen Oberon oder Romeo der Truppe machen können. Ein Mädchen aber ist für Euch ohne Nutzen, hingegen kann es keinen Sohn von mir des Erbes berauben. Julia wird als Tochter Lord Bedingfelds, eine vornehme Ehe eingehen, dies gelobe ich Euch."

„Und Ihr denkt, Lady Catherine hätte nicht längst von der Geburt meines Kindes erfahren und würde sie als Bastard ihres Gemahls entlarven, Mylady?"

„Ehe Lady Catherine Vernon Hall betritt, ist Julia in ihr neues Heim gebracht worden, und niemand in Vernon Hall, auch nicht Luke Henley, wird wagen, etwas anderes zu sagen, als dass das Kind der Komödiantin seiner Mutter in die Fremde gefolgt ist. Da die Lady das Theater verabscheut, werden Lord Vernons Männer ohnedies ein anderes Winterquartier beziehen müssen als Vernon Hall. Ihr habt nichts zu fürchten. Alle Bewohner, die von der Geburt Eurer Tochter wissen, sind Dienerschaft und haben uns zu scheuen. Ihr werdet das Schloss heute verlassen mit einem Bündel im Arm, während ich Julia unverzüglich aller Neugier entrücken werde. Wie entscheidet Ihr Euch nun, Mistress Judith?"

Diese schwieg. Sie wollte ihre Mutterschaft nicht abtreten und sich von der Kleinen trennen. Doch sie sah vor sich schlammige Landstraßen mit ihrer ewigen Gefahr des Raubgesindels, zugige Gasthöfe und vom Regen durchweichte Freilichtbühnen, elende Strohschütten und zerbrochene Fensterscheiben. Julia war kein kräftiges, robustes Kind, und von Judiths Geschwistern waren vier gestorben, ehe sie ihren ersten Zahn bekommen hatten. Die Männer wurden für die Unbequemlichkeit ihres Daseins entschädigt durch Rollen und Erfolge, einer Frau aber, der die Bühne versagt blieb, konnte nur die Liebe dieses Leben erträglich machen. Jenny liebte Edmund Hilliard und ihre Kinder, seufzte aber mit steigendem Alter über die Widrigkeiten des Wanderlebens. Judith liebte das Theater, was aber Julia lieben würde, lag in der Zukunft verborgen. Und nahm Judith sie heute mit, so würde sie für immer an das Wanderleben gefesselt sein, die Tochter des verweichlichten Lord Vernon. Kein Farmer, nicht einmal ein Bedienter, Wirt oder Handwerker würde die Schauspielertochter zur Frau nehmen.

„Schwört mir", sagte Judith und erhob sich, „alles das zu halten, was Ihr soeben meinem Kind verspracht!"

„Ich schwöre es bei meiner Seele Seligkeit!", rief die Lady und ergriff ihre Hände.

„Und könnt Ihr mir auch geloben, dass Lord Vernon dem Kind seines Blutes ein fürsorglicher und zärtlicher Oheim sein wird?"

„Als wäre sie vor der Welt und nicht nur vor dem Allmächtigen seine Tochter."

„So vertraue ich Euch Julia an. Ich kann ihr kein Leben bieten, das sie selbst sich wählen würde. Von heute an ist Julia Hilliard Eure Tochter, und Gott lohne Euch alles, was Ihr Gutes an ihr tut, und strafe Euch für alles, was Ihr an ihr versäumt. Lebt wohl, Mylady." Die Tränen erstickten ihre Stimme. Die Lady erhob sich.

„Gott segne Euch, Mistress Hilliard. Ihr habt die rechte Wahl getroffen." Sie schritt aus der Pforte des Gartens und raunte dem dort wartenden Edward einige Worte zu. Dieser kam Judith entgegen.

„Ich danke Euch", sagte er, „Ihr lasst mir den süßesten Trost, da ich nun Eure Gegenwart entbehren muss. Ach, wäret Ihr ein noch so armes Fräulein – Judith, ich liebe Catherine nicht und werde nie eine andere lieben. Ich gelobe Euch bei meiner Seele, über meinem Kinde zu wachen und ihr alles zu geben, was ich Euch nicht geben darf. Noch einmal lasst mich Euch küssen, ehe wir scheiden."

Sie lag in seinen Armen, und sie glaubte ihm jedes Wort, das er sagte. Der Sommernachtstraum war ausgeträumt, doch er lebte in ihrer beider Erinnerung. Etwas hatte sich erfüllt. Und er ging zu seiner Tochter und sie zu ihrer Truppe.

Als Judith wieder auf dem Wagen saß und Tränen ihren Blick blendeten – sie hatte auf das Kind verzichtet um seines Wohles willen, aber die Trennung tat ihr bitter weh, und sie war sich ihrer Entscheidung nicht gänzlich sicher, obgleich auch die Eltern sie guthießen –, da trat Master Shakespeare an den Wagen heran.

„Ihr wollt doch nicht ohne Abschied von mir scheiden, Mistress Judith?", fragte er vorwurfsvoll.

Sie drückte das Puppenbündel an die Brust. „Ich glaubte Euch bereits abgereist, Master Shakespeare."

„Es ist gut, dass Ihr fahrt", sagte er. „Ihr gehört nicht zu denen hier. Ihr gehört zu uns." Sie spürte eine jähe Wärme in sich aufsteigen. „Ihr werdet nicht mehr auftreten können", sagte er, „aber Ihr werdet auf der Bühne weiterleben. Ihr habt mir ein neues Bild von der Frau vermittelt. In meinen Stücken, die ich schreiben werde, werdet Ihr Frauen finden wie Porzia und Judith. Unbeugsam, mutig und stark, die sich nicht demütigen und brechen lassen von den Regeln, welche Männer aufgestellt haben. Die Knaben mögen sie spielen, Ihr aber seid sie, Mistress Judith. Und nehmt mein Abschiedsgeschenk freundlich an. Ich erteile

Eurer Truppe die Genehmigung, alle meine Stücke zu spielen."

„Gott behüte Euch, Master Shakespeare", sagte Judith erstickt, da zogen die Pferde an.

„Könnt ihr nicht einmal die Kostüme ordentlich abgeben oder gar selbst aufhängen?“, rief Judith ihren Knaben zu.

Es waren neue Knaben. Adam und Cecil waren jetzt mit ihren neunzehn Jahren Liebhaber und jugendlicher Charakterspieler der Hilliard-Truppe und hatten den Sebastian und den Fabio zu aller Zufriedenheit gespielt. Cecil erhielt noch keine großen Rollen, aber der begabte Adam ersetzte nun Matthew Berkeley, der nach Judiths Heirat gekränkt die Truppe verlassen hatte.

Der Knabe, der soeben aus dem venezianischen Porzia-Goldkleid stieg, Andrew Hayes, Bens Sohn, war ebenso hübsch wie Tom, welcher wie John die Truppe verlassen hatte, jedoch begabter. Der Junge hatte mit großem Erfolg die Gräfin Olivia gespielt, und dabei war auch Jessicas reich mit Glasperlen besticktes schwarzes Samtkleid wieder zu Ehren gekommen. Als Viola hatte Robin die Zuschauer begeistert. Er erinnerte Judith an den jungen Adam. Auch bei den Männern hatte es im Ensemble die eine oder andere Veränderung gegeben.

Wenige Wochen nach ihrem Aufbruch von Vernon Hall war ein neuer Schauspieler zu der Truppe gestoßen. Sein Name war Nathan Field, und er war Mitglied des Burbage-Theaters gewesen, hatte sich aber mit Burbage und seinen Schauspielern überworfen. Der gut aussehende Mann war allen Mitgliedern der Truppe als Heldendarsteller weit überlegen. Er spielte

Henry und Richard an die Wand, und Henry zog daraus die Konsequenz. Er liebte eine junge Witwe, und hätte auch nach den strengen Regeln des alten Lords das Recht gehabt, eine Familie zu gründen. Aber die Witwe, die von ihrem Mann ein florierendes Wirtshaus geerbt hatte, dachte nicht daran, unter die Komödianten zu gehen. So heiratete Henry sie und stand bald am Zapfhahn statt auf den Brettern.

Als in jenem Herbst die Altweiberfäden durch die Luft flogen, heiratete Judith schon Nathan Field. Die Liebe kam, diesmal nicht blitzartig, sie fühlte nur, dass Nathan die Truppe auf eine höhere Stufe zu führen vermochte und dass dieser Mann als einziger von allen als Schauspieler ihr ebenbürtig war. Auch für ihn zählte nur das Theater, obgleich er Judith von Anfang an liebte.

Mittlerweile liebte auch sie ihn tief und treu, und sie war sich nur zu gut der Schicksalsgemeinschaft bewusst. Damals hatte sie ihn genommen, um ihr Leben zu ordnen und eine achtbare Frau zu werden. Sie hatte eine Generalbeichte abgelegt und sich mit der Kirche versöhnt. Der Dechant war entsetzt: Schauspielerin! Unzucht! Judith fühlte keine wirkliche Reue. Die Stunden auf der Bühne und die Nächte der Liebe waren ihre kostbarsten Erinnerungen, und sie vermochte nicht, zu glauben, dass diese Sünden in Gottes Augen schwerer wogen als der Verzicht auf ihr Kind, der ihr Gewissen mitunter belastete.

Sie antwortete auf die Frage nach der aufrichtigen Reue: „Ich werde nie mehr auf der Bühne spielen und nie mehr der Unzucht verfallen, so wahr mir Gott helfe.“ Das war keine Lüge; der Dechant gab sich damit zufrieden und erlaubte ihr die kirchliche Trauung.

Als die Blätter golden herabfielen, wusste sie, dass sie wieder der Mutterschaft entgegenging, und im Frühling anno 1597 gebar sie zu ihrer großen Freude einen Sohn. Die Taufe wurde in der Truppe so fröhlich gefeiert wie die Hochzeit, bei der sie dem Brautpaar den Elfensegen aus dem „Sommernachtstraum“ spielten. Der Name des Kindes war schon zuvor ein Gegenstand des Rätselratens.

Ein Mädchen hätte Judith „Porzia“ genannt, und wenn ein Heiligenname erforderlich war, „Helena“ hinzugesetzt – aber ein Sohn? „Ich kann ihn nicht ‚Bassanio‘ nennen“, sagte sie, „aber er kann ‚Lorenzo‘ heißen.“

„Dann aber gut britisch ‚Laurence‘!“, sagte Nathan, und diesen Namen bekam das Kind. Nicht einmal sich selbst gestand Judith, trotz ihrer Beichte, ein, dass Laurence ebensogut das Kind jener Sternennacht im Park sein konnte wie Nathans Sohn. Es war nur die eine, kurze, leidenschaftliche Umarmung mit dem Genius gewesen, mit Nathan hatte sie in langen Septembernächten zusammengelegen. Laurence war ein kleines, zartes Kind, versicherte sie sich selbst, er kam schon nach sieben Monden! – Nach Laurence hatte sie noch einen zweiten Sohn bekommen, aber dieser war schon als Säugling gestorben. Danach hatte sie keine Kinder mehr geboren.

„Die Perücke, Mistress Field.“ Andrew gab ihr die blonde Perücke, die behutsam gebürstet werden musste.

„Du hast deine Sache heute gut gemacht", sagte sie freundlich. Auch die Hero in „Viel Lärm um nichts" hatte er recht gut gespielt. Richard hatte als Benedikt geglänzt und Nathan als Prinz. Diese beiden Komödien hatte Shakespeare in den letzten Jahren geschrieben, und er schien sein Versprechen gebrochen zu haben. Beatrice, von Robin virtuos gespielt, war so kratzbürstig wie Katharina und Hero ein hilfloses Geschöpf. Viola eine Wiederholung der ersten Julia, und auch Olivia war keine Frau, in der Judith sich wiederfinden konnte. Sie glaubte, der Meister verarge ihr, dass ihre Truppe Nathan beschäftigte.

Aber nun hatte er doch sein Versprechen verwirklicht, und den Hilliards sein neuestes Stück gesandt: „Ende gut, alles gut."

Der Stoff entstammte dem Decamerone, aber in Helenas Gestalt und Geschick hatte er Judith gedichtet: Das Mädchen, das wegen des Standesunterschiedes von dem geliebten Mann abgelehnt wird. Doch Helena resigniert nicht und nimmt ihr Schicksal selbst in die Hand. Dann freilich wirkt die Märchengnade: Sie erobert dennoch den geliebten Mann und schenkt ihm ein Kind. Und diese Märchengnade ließ der Himmel Judith zuteilwerden, soweit er es vermochte. Lord Vernon, dessen Gattin in diesem Sommer bei ihren Verwandten in Schottland weilte, wollte sich noch einmal seinen Jugendtraum erfüllen und das Stück in seinem Schloss sehen, mit Judith in der Hauptrolle. Sie hatte zwar der Kirche gelobt, nicht mehr aufzutreten, doch wenn sie Edward durch ihre Verweigerung erzürnte – und dies stand zu befürchten – so würde sie nicht nach Vernon Hall kommen und von Julia hören, ach, vielleicht sie auch sehen. Und nach der Lektüre des Stückes wusste sie, dass sie die Helena, die für sie geschrieben war, niemand abtreten konnte. Morgen kehrte alles zurück, alles …

Als sie mit zitterndem Herzen in Vernon Hall einfuhr, nahm sie sogleich Lady Anne wahr. Sie war älter und recht breit geworden. Aber kein Kind stand an ihrer Seite, nur der Gatte, eine ältere Dame und der Jüngling von einst war ein schöner, schwermütiger Mann geworden. Er begrüßte die Schauspieler. Nur seine Augen sandten Judith eine Botschaft.

„Kommt mit mir, Mistress Field. Wir müssen unverzüglich Eure Kostüme anprobieren“, sagte Lady Anne.

„Bleib bei deinem Vater, Laurence!“, ermahnte Judith ihren Sohn, der neugierig von einem Turm des Schlosses zum anderen blickte.

„Ich freue mich, dass Ihr einen schönen Sohn habt!“, sagte die Lady, die mit ihr davonging.

„Wo ist Julia?“

„Meine Tochter“, sagte Lady Anne betont, „ist mit ihren beiden kleinen Brüdern in Oxburgh Hall in der Obhut der Amme. Sie ist ein schönes und kluges Kind und führt ein behütetes und glückliches Leben.“

„Ist die Amme gut zu ihr?“

„Sie liebt diese sehr und auch ihre Milchschwester. Fräulein Julia zählt erst sechs Jahre und hat noch nicht gelernt, Abstand zu halten zum Volk.“

„Welche Farbe haben ihre Haare?“

„Sie sind so nachtdunkel wie die ihres Oheims. Ihre Augen sind so blau geblieben wie zur Zeit ihrer Geburt.“

„Werde ich sie einmal sehen dürfen, Mylady?“

„Mary!“, rief Lady Anne. Ein Mädchen erschien. „Schnüre das Mieder auf. Ihr tragt zuerst tiefes Meerblau. Wahrhaftig, Eure alten Maße sind noch recht. Ihr seid gertenschlank geblieben.“

„Ihr irrt, Mylady. Ich bin eine Frau von vierundzwanzig Jahren, die drei Kinder geboren hat, und trage längst keine Männerkleidung mehr.“

Die Lady überging die drei Kinder. „Die Komödie spielt zur Zeit des Krieges zwischen Frankreich und dem Reich auf lombardischem Boden, und der nicht näher bezeichnete König dürfte Franz I. sein. Folglich sollte die Mode zur Zeit des alten König Heinrich getragen werden, doch wir entschieden uns für die Machart der Ära der katholischen Maria mit spitzer Taille, da Ihr die Kostüme dann leichter Eurem Fundus zufügen könnt, wenn Ihr die weiten Ärmel abtrennt. Ihr tragt zuerst Blau mit gelöstem Haar, sodann Grün, dann ein Pilgerkleid und zuletzt ein leuchtendrotes Samtkleid mit einer Sichelhaube jener Zeit. Die Gräfin erhält violetten Samt, die Witwe Schwarz und habt Ihr etwas, was Diana tragen könnte?“

„Sie könnte das karneolfarbene Brokatkleid, das ich als Julia trug, bekommen. Es passt Andrew Hayes“, erwiderte Judith. Wie kann ich nur über Kleider reden, wenn ich der Frau gegenüberstehe, die meine Julia …“

Als sie in ihre Unterkunft zurückkam, zeigte Nathan die finstere Miene der Eifersucht.

„Ich war nur bei Mylady!", schwor Judith zum Hundertstenmal.

Aber am Tage der Aufführung war aller Streit vergessen. Man spielte wieder am Tage, da die Komödie keine romantischen Nachtstimmungen erfordert. Doch wieder saßen nur vier Zuschauer im Hofe, an Shakespeares statt nun Lord Bedingfelds ältliche Schwester Rowena. Als die Musik verklang, trat Judith sofort auf, mit Nathan als Bertram, Robin als Gräfin und Ben Hayes als Lafeu. Doch sie hatte nur wenig zu sagen bis zum Abgang der anderen und dem wunderschönen Monolog, den der Meister eigens für sie geschrieben hatte:

„... gleichviel ja wär's,
Liebt ich am Himmel einen hellen Stern
Und wünscht ihn zum Gemahl, er steht so hoch!
An seinem hellen Glanz und lichten Strahl
Darf ich mich freu'n, an seiner Sphäre nie ..."

Alle Liebe und aller Schmerz des „Romeo"-Abends waren wieder gegenwärtig, und der Mann, dem unerreichbaren Sterne verglichen, saß vor ihr. Sie vergaß ihren Text, als James als Parolles zu ihr trat, und brauchte zweimal den Souffleur, um James die Stichworte zu geben, bis sie ihr wahres Selbst wieder aussprechen durfte!

„Dass unserm Wunsch kein Körper ward verliehn,
Der fühlbar sei, damit wir Ärmeren
Beschränkt von unserm neid'schen Stern auf Wünsche

Mit ihrer Wirkung folgten dem Geliebten,
Und er empfände, wie wir sein gedacht,
Wofür uns kaum ein Dank wird.“

Doch am Ende des Aufzugs wird Helenas Sehnen zu mutigem Wagnis:

„Oft ist's der eigne Geist, der Rettung schafft,
Die wir beim Himmel suchen ...“

Judiths nächste Szene im dritten Aufzug war die mit der Gräfin. Sie liebte diese keineswegs, denn sie dachte, es sei absurd, dass ein dreizehnjähriger Knabe einer Frau von vierundzwanzig Jahren mit dem Anspruch der Mutterschaft, und sei es auch der geistigen, entgegentreten sollte. Robin hatte denn auch über die Rolle gemurrt und vorgeschlagen, Judith solle lieber die Gräfin spielen. Aber als sie nun auf der Bühne stand, fühlte sie sich plötzlich wie ihre Tochter Julia, eine Julia von sechzehn Jahren. „Bin ich nicht deine Mutter?“, fragte Lady Anne – nein, die Robin-Gräfin.

Und Julia antwortete:

„Ach, verzeiht!
Graf Rousillon kann nie mein Bruder sein,
Ich bin von niederem, er von höchstem Blut,
Mein Stamm gering, der seine hochberühmt..“

Die Gräfin entlockt Helena das Geständnis ihrer Liebe zu Bertram, und Helena sank an ihrem Sessel nieder.

„So bekenn ich
Hier auf den Knien vor Euch und Gott dem Herrn,
Dass ich ihn liebe. Arm, doch tugendhaft

War mein Geschlecht, so ist mein Lieben auch.
Seid nicht erzürnt, es bringt ihm keine Kränkung
Von mir geliebt zu sein, nie offenbart ich
In Zeichen ihm zudringlicher Bewerbung.
Ich wünsch ihn nicht, eh ich ihn mir verdient,
Und ahne nicht, wie ich ihn je verdiente!
Ich weiß, ich lieb umsonst, streb ohne Hoffnung;
und doch, in dies unhaltbar lockre Sieb
Gieß ich beständig meiner Liebe Flut,
Die nimmer doch erschöpft wird: gleich dem Inder
Gläubig in frommem Wahne flehend, ruf ich
Die Sonne an, die auf den Beter schaut,
Ohne von ihm zu wissen ...“

Als sie von der Bühne abtrat, verfolgten sie die Dialoge. „*Ich bin von niedrem, er von höchstem Blut.*“ Würde Julia ein solches Gespräch einst führen müssen? Es konnte nicht ausbleiben, dass sie sich in einen Gentleman verliebte, da sie als Adlige erzogen wurde. Wenn dieser ihre Herkunft nun entdeckte? *Ach, hätte ich sie doch behalten!*, dachte Judith, *so wäre mir doch ein Strahl meines unerreichbaren Sternes geblieben!*

Sie blickte auf Lord Vernon. „*Arm, doch tugendhaft ist mein Geschlecht, so ist mein Lieben auch.*“ Nein, sie war nicht tugendhaft wie Helena, doch „*es bringt ihm keine Kränkung, von mir geliebt zu sein.*“Es bringt auch Nathan keine Kränkung. Von allem, was gewesen, bleibt nur meine Liebe zu dir, die ich verschweigen muss wie Helena die ihre.

Ihr Auftritt mit dem König kam, den ihr Vater spielte. Helena schenkte ihm Lebensmut und Heilung und erbat sich Bertram als Lohn zum Gemahl. Es folgte die Szene, in der Bertram die Niedriggeborene verschmäht und vor dem Vollzug der befohlenen Ehe in den toskanischen Krieg flieht. Als er über die Braut sprach voller Abscheu, fühlte Judith Nathans Eifersucht.

Sie war in der rasch folgenden Narrenszene unsicher, und sie fühlte Angst und Sorge der Helena im eigenen Herzen, als Bertram diese schnöde verließ. Im dritten Akt empfängt Helena Bertrams höhnischen Brief. Nur wenn sie seinen Ring erwirbt, den er niemals ablegt und ihm einen Erben seines Blutes präsentiert, den er nie mit ihr zeugen will, soll sie als seine Gemahlin anerkannt werden. Helena überwindet Angst und Verzweiflung und zieht als Pilgerin nach Italien. Wieder bricht sie mutig auf ins Ungewisse.

Für Judith brachte der dritte Akt noch zwei hübsche Frauenszenen, und die Verschwörung der Frauen gegen den kaltherzigen Grafen Bertram formiert sich. Die zweite Szene des vierten Aktes zwischen Diana und Bertram verlief sehr temperamentvoll. Diana lockt kokett den Begehrlichen in ihr dunkles Zimmer, spielt ihm die Käufliche vor und verlangt als Preis den berüchtigten Ring. Judith hatte im ganzen vierten Akt lange zu warten, bis sie nach ihrer heimlichen Liebesnacht an Dianas Stelle mit den Frauen wieder auftrat bis zu ihrem Schlusswort:

„Ende gut, alles gut: das Ziel beut Kronen
Wie auch der Lauf, das Ende wird ihr lohnen."

Der fünfte Akt ging nun zielstrebig seinem Höhepunkt entgegen. In einem prächtigen roten Kleid betrat sie die Bühne und wies nach, dass sie Bertrams herzlose Bedingungen mit Liebeslist erfüllt hatte.

„Du sollst es wahr und zweifellos erkennen.
Sonst mög uns Scheidung bis zum Tode trennen."

Sie blickte Nathan in die Augen, und er las darin, dass Judith jedes Wort der Helena so meinte. Das Glück der Ehe und Mutterschaft war ihr geworden, wenngleich nicht mit dem edelgeborenen Geliebten der Märchenkomödie.

Der Prinzipal und König sprach den Epilog:

„Der König wird zum Bettler nach dem Spiel,
Doch ist das Ende gut und führt zum Ziel,
Wenn's euch gefällt, wofür euch Tag für Tag
Der Bühne treulich Streben zahlen mag.
Schenkt nur Geduld, wenn wir gefehlt, verzeiht,
Uns sei die Hand, Euch unser Herz geweiht.

Sobald der herzliche Beifall verklungen war, lud Lord Vernon die ganze Truppe in die Bankettthalle, wo sonst nur die Adeligen tafelten. Sie kamen in ihren Kostümen. Lord Vernon selbst wollte sich zurückziehen, doch Judith vertrat ihm den Weg.

„Wann sahen Eure Lordschaft Julia zum letzten Mal?"

„Im Frühling, Mistress Field, war die Kleine hier zu Gast in Vernon Hall. Ihr Besuch kürzte mir die Zeit der Sehnsucht."

„Und Lady Catherine ahnt nichts?"

„Sie empfing dieses bezaubernde Feenkind mit Herzlichkeit als meine Nichte. Julias Besuch und Euer

Spiel heute Abend sind die einzigen Lichtstrahlen meines Lebens."

Nathan und Edmund Hilliard näherten sich.

„Ich muss Euch schreiben, Judith, man lässt uns nicht allein."

„Und wird Lady Catherine nicht sehr erzürnt sein über dies Sommerschauspiel in ihrer Abwesenheit?"

„Oh, ganz gewiss", sagte der Lord, „sie wird nicht mit mir zufrieden sein, aber niemand kann mir diesen wundervollen Abend mehr nehmen. Ihr spieltet hervorragend, Master Field, und seid als Darsteller Eurer Helena würdig gewesen. Meine Gattin schätzt zu meinem Bedauern ‚der Bühne treulich Streben' ganz und gar nicht. In ihrer schottischen Heimat ist sie puritanisch erzogen worden, und wohl nicht sie allein. Ich fürchte den Einfluss der Puritaner auf den Thronerben. Man hört Besorgniserregendes über die Gesundheit Ihrer Majestät, die Gott erhalten möge. Wenn unsere Königin die Augen schließt und der schottische James ihr auf den Thron folgt, so können für das Theater schwarze Zeiten anbrechen."

„Ich hoffe sehr, dass Ihr Euch darin irrt, Mylord!", sagte Nathan Field. „Ist Eurer Lordschaft Näheres bekannt über den Thronerben?"

„Nein, Master Field", erwiderte der Lord, „doch ich erwarte nicht allzu viel von einem Manne, der sich wenig Mühe gab, seine Mutter zu retten. Unsere Königin wäre bereit gewesen, ihm unter bestimmten Bedingungen die Stuart heimzusenden nach Schottland, doch er nutzte die Gunst der Stunde nicht. Ihre Majestät verabscheute das Bluturteil gegen ihre Verwandte, zu welchem sie gedrängt wurde."

„Aber sagtest du nicht, Nathan, sie sei auf die Schönheit und die Talente der Stuart eifersüchtig gewesen?", fragte Judith.

„Ich kann mich dessen nicht entsinnen", stammelte Nathan sichtlich peinlich berührt.

„Es trifft zu, wie zahllose an sich unbedeutende Vorfälle bewiesen", sagte Lord Vernon, „doch unsere Herrscherin ließ nie ihre weiblichen Launen, in diesem Falle Neidgefühle, ihre Regentschaft bestimmen. Die Frau hatte gegenüber der Königin zu schweigen, wenn es um Staatsgeschäfte ging, während die Stuart stets als Weib handelte und nie als Königin. Sie würde heute noch leben, wenn ihre Feinde sie nicht zu hochverräterischen Unbesonnenheiten verleitet hätten, die Ihrer Majestät keine andere Wahl mehr ließen, als sie dem Henker zu überantworten. Doch nun geht, meine Freunde, ehe die Schüsseln kalt werden. Ich kann euch nicht genug danken für die wunderbare Vorstellung."

Doch in der Nacht brachte ein Page Judith den Brief. „Geliebte Helena", las sie, „Dich wiederzusehen, dich noch einmal auf der Bühne zu bewundern – wüsstest Du, was mir dies bedeutet! Mein Leben ist unsäglich trübe geworden, seit wir voneinander schieden. Auch ich habe einen Sohn im Alter des deinigen, doch er ist jetzt bereits der Sohn seiner Mutter und mir wesensfremd. Sie hat ihre Pflicht erfüllt, aber auch nicht mehr getan. Weder in der Familie noch am Hofe finde ich auch nur eine Spur der Erfüllung, die meine Schauspieler und Du mir geben. Ich muss Dir nicht sagen, wer das Kind meines Herzens ist. In ihm lebe ich. Ich sah Dich heute mit deinem Gatten auf der Bühne, und Ihr wart wundervoll. Du hast Deinen Platz im Leben gefunden, und Du hast ein Kind."

Judith ließ das Blatt sinken. *Ja, ich habe ein wundervolles Kind, aber es ist nicht dein Kind, mein Geliebter!*

„Du tatest recht daran, Henley nicht zum Manne zu nehmen. Dein Platz ist auf den Brettern. Ich weiß nicht, ob es mir vergönnt sein wird, Dich wieder spielen zu sehen und Dir eine Rolle zu gestalten. Doch Du bleibst mir unvergessen, meine Titania, Julia, Helena, Porzia! Ahnst Du, was es mich kostet, Dich als die Frau eines Anderen zu sehen? Nichts mehr davon. Ich wünsche Dir und den Deinen Gottes Segen bei all Eurem Tun …"

Es folgte ein Sonett, das Judith auswendig lernte und nie vergaß. Sie zerknitterte den Brief in ihren Händen. Selbst wenn Lady Catherine etwas zustoßen sollte, durfte sie nicht mehr zurückkehren nach Vernon Hall, wenn sie Nathans getreue Frau bleiben und die Truppe zusammenhalten wollte – und etwas in dem Briefe sagte ihr, dass Edward Vernon dies ebenfalls wusste …

Robin hatte in diesem Sommer beträchtliche Erfolge als Alice Arden. Außerdem spielten sie auf der weiteren Route „Was ihr wollt". Da die Lady längst wieder Vernon Hall besetzt hielt, überwinterte die Truppe in einem Gasthof in Bakewell, wie auch schon in den bisherigen Jahren. Judith hatte Pflichten, die ihr Freude machten. Sie studierte mit Robin die Helena ein für das nächste Jahr, und sie hatte zwei Schüler, die sie Lesen und Schreiben lehrte. Der eine war Laurence, der andere Jack, ein Küchenjunge aus Vernon Hall, der als stummer Page den Hof des Königs von Frankreich vergrößert hatte und seitdem für die bürgerliche Welt verloren war. Wie viele Analphabeten hatte Jack ein gutes Gedächtnis, und da die Truppe beschlossen hatte, im kommenden Sommer den „Sommernachtstraum" wieder ins Repertoire aufzunehmen, erarbeitete Judith mit dem eifrigen Knaben die kleine Rolle der Elfe.

Doch im Vorfrühling, als die Schauspieler unruhig wurden wie die Zugvögel und Judith begann, die Kostüme auszubürsten, kam Nathan mit der Nachricht: „Die Königin ist gestorben!"

Judith und ihre Mutter erfassten sogleich, dass eine Ära zu Ende war. Das ganze Land trug Trauer um die letzte Tudor, in London wurden die Theater vorübergehend geschlossen, auch das berühmte neue „Globe Theatre" der Shakespeare-Truppe. Die Komödianten durften nirgends auftreten und die Zukunft unter König James war gänzlich ungewiss. Die Jüngeren erwogen bereits, sich als Schreiber oder als Narr eines großen Herrn zu verdingen.

Doch Lord Vernons Befürchtungen erwiesen sich als unbegründet. Der neue König war ausgesprochen theaterfreundlich und stellte die Burbage-Truppe unter seinen persönlichen Schutz. Shakespeare war nun ein Mann des Königs.

Auch der Hilliard-Truppe standen nun wieder alle Tore offen, doch sie plagten Nachwuchssorgen. Robin geriet in den Stimmbruch und bekam Pickel, Andrew musste sich schon den Flaum von der Wange scheren. Man hatte keine Mädchenspieler. *Dürfte ich doch nur!*, dachte Judith zornig, doch sie wusste, dass sie sich Unmögliches wünschte. Selbst in London waren Knabenschauspieler Mangelware, welche die Bühnen sich gegenseitig abjagten.

Judith überschminkte Robins Pickel, hämmerte Jack die Lucetta-Rolle in den Kopf und ließ den etwas jüngeren dritten Knaben, der bisher die Marie in „Was ihr wollt" und die Witwe in „Ende gut, alles gut" gespielt hatte, die Sylvia lernen, damit sie wenigstens die „beiden Veroneser" wieder ausgraben konnten. Aber etwas musste dringend geschehen. Sie hatten kaum Aussicht, jemanden zu finden. Die Kinder der Armen konnten wie Jack weder lesen noch schreiben, die der besseren Leute gingen nicht unter die Komödianten.

Dennoch blieb die Suche nicht erfolglos. Als Judith allein in der Kathedrale von Lichfield betete, sah sie eine respektabel erscheinende Frau in Schwarz vor einem Altar knien und bitterlich weinen. Judith vermutete, dass sie verwitwet war, fragte aber nach dem Grund ihres Kummers. Es erwies sich, dass sie die frischverwitwete Frau eines Schulmeisters war, allein in der Welt stand und nicht wusste, wie sie ihre Kinder durchbringen sollte.

„Mein Jüngster ist zwölf und kann lesen und schreiben, sein Vater hat es ihn gelehrt und war so stolz auf ihn!", schluchzte sie. „‚Mein Percival wird eine Leuchte der Wissenschaft!', pflegte er zu sagen. Nun bietet sich dem Knaben nichts als eine Schreinerlehre, und dies nur, weil der Schreiner ein Auge auf meine Mary geworfen hat!"

„Ist er denn so ungut, dass Mary ihn nicht will?", fragte Judith behutsam.

„Mistress, mein Kind ist vierzehn Jahre alt, und der Schreiner vierzig und Ehemann! Percival hätte ein Richter werden können oder ein Gelehrter in Oxford! Ich weiß es wohl, auch unser Herr musste das Schreinerhandwerk erlernen … doch der Preis, den meine Mary für des Bruders Lehrstelle zahlen soll."

„So schickt Euren Percival zu meinem Vater!", sagte Judith und erklärte, was sie im Sinne hatte. Natürlich war die Frau zuerst entsetzt. „Die Knaben stehen in der Obhut Verheirateter!", sagte Judith. „Er wird von meinem Manne und mir wie ein Sohn gehalten. Zeigt er sich anstellig, so ist er zumindest für zwei Jahre versorgt, erweist er sich als Gewinn für die Truppe, kann er als Jüngling bleiben. Er wird Euch nicht unterstützen können, Mistress. Die Hauptdarsteller teilen sich die erspielten Einnahmen, die Nebendarsteller erhalten was möglich, einen bescheidenen Lohn zumeist, die Knaben Kost und Logis in den Gasthöfen. Ich behaupte nicht, dass sie ein leichtes Leben führen, aber ich ziehe es jedem anderen vor. In zwei bis drei Jahren wird Percival wissen, ob er Schauspieler bleiben oder weiterstudieren oder Euch in einem bürgerlichen Gewerbe unterstützen will."

„Ach, Mistress", erwiderte sie, „ich kann mich selbst erhalten mit Nähen und Weben, und meine Mary ist so schön, dass sie in spätestens zwei Jahren einen ehrbaren Mann gefunden haben wird. Lance wird sechzehn und wird in zwei Jahren ausgelernt haben. Es ist mir nur um Percival. Er hat zuviel Wissen und ein zu poetisches Gemüt, um Handwerker zu werden."

Sie kam vorbei mit einem hübschen und feinen Knaben von großem und schlankem Wuchs. Judith gab ihm einen Monolog der Helena und einen aus den „Veronesern" und setzte ihm eine Frist des Lernens. Schon vor deren Ablauf meldete er sich wieder und trug den Text ohne Stocken vor, ebenso wie er diesen zuvor vom Blatt gelesen hatte. Judith ließ ihn der Truppe vorsprechen, welche begeistert feststellte, dass Robin einen würdigen Nachfolger gefunden hatte. Er sang auch recht hübsch ein Lied und begleitete sich auf der Laute.

Den zweiten Knaben brachte Richard herbei, einen mädchenhaften Jungen in abgerissenen Kleidern. Sie waren einander in Newport begegnet.

„Er hat sich mir angeboten", sagte Richard. „Nicht für das Theater. Er steht erst im zwölften Lebensjahr. Hört euch nur seine Geschichte an."

Auch dieser Junge, William, war einer Witwe Sohn. Er hatte die Lateinschule besucht und war auf dem besten Wege, ein Mann der Kirche zu werden, da wurde seine Mutter wegen Hexerei verhaftet. Die Hexenverfolgungen hatten unter dem neuen König dramatisch zugenommen, und der Tod wurde jetzt für jede Art von Zauberei verhängt, während unter der alten Königin wenigstens der Beweis des Mordes durch Schadenzauber erbracht werden musste.

„Meine Mutter war keine Hexe!", schluchzte William. „Sie haben sie dennoch gehängt! Wir hatten eine schwarze Katze, die sie sehr liebte und mit der sie zu sprechen pflegte, und sie sagten, sie sei unser Hausgeist. Mutter wurde zu einem falschen Geständnis gezwungen."

„Aber in England ist doch die Anwendung der Folter im Hexenprozess verboten!", widersprach Nathan.

„Seit der neue König regiert, der so scharf gegen die Hexen vorgeht, nehmen sie es nicht mehr so genau. Ich habe es erlebt, denn auch ich war gefangen. Sie haben meine Mutter nicht auf die Streckbank gespannt. Aber sie ließen sie nicht schlafen, ließen sie hungern, und sie war eine schöne Frau … Sie haben sie immer wieder geholt und mit blutigen Röcken zurückgebracht, bis sie den Verstand verlor und alles nachsagte, was sie ihr vorredeten. Mich sprachen sie frei, aber die Schule sagte, der Sohn einer Hexe könne nicht in die Kirche eintreten … und überall wurde ich davongejagt …"

„Du hast eine Lateinschule besucht?", fragte Hilliard. „Gib ihm zu essen, Jenny, und du, Judith, suche ihm einen nicht allzu schwierigen Monolog heraus, wenn er sich beruhigt hat."

Und so kam die Truppe zu ihrem zweiten Knaben, und der „Sommernachtstraum" wurde in Angriff genommen. Judith studierte mit den Knaben die Rollen, lehrte sie in Frauenkleidern zu gehen und spielte ihnen die Frauengestalten vor, als ihr unerreichbares Vorbild, das sie anbeteten. Aus Liebe wetteiferten sie in ihrem Bemühen, und Judith wurde bewusst, dass sie über die Rollen das Bild dieser künftigen Männer vom Weibe formte. Immer mehr Freude fühlte sie durch diesen Unterricht und die oft heiteren, oft nachdenklichen Gespräche, die sich ergaben. Mit Percy studierte sie Titania, mit William Helena, mit dem dritten Knaben Hermia und mit Jack die Elfe. Und Mortimer, der Henry besucht hatte, brachte dessen Stiefsohn mit als Hippolyta. Allerdings sollte der Knabe zu seiner Familie zurückkehren, wenn sein Stimmbruch einsetzte.

Nathan spielte den Oberon, Adam und Cecil, nun kurz über zwanzig, erstmals die beiden Liebhaber, James wieder den Zettel, Mortimer, trotz seiner nun dreißig Jahre, virtuos den Puck. Hilliard und Hayes behielten ihre alten Rollen. Richard spielte den Theseus, Robin und Andrew mit großem Vergnügen als ihre ersten Männerrollen „Wand" und „Mond". Und zum ersten Mal stand Laurence auf der Bühne.

„Ich bin Monsieur Senfsamen!", verkündete er jedermann stolz seinen Elfennamen.

Als Judith am Abend der Premiere in seine strahlenden Augen sah, und von ihren überaus erfolgreichen Knabenschauspielern umringt und gefeiert wurde, wusste sie, dass sie eine neue Stufe ihres Leben erreicht hatte. Sie hatte vor Jahren drei Kinder geboren, aber nun erst, da sie von der Bühne abtrat und in den Jungen lebte, erfüllte sich ihre Mütterlichkeit.

In diesem Sommer zogen sie weit. Den „Sommernachtstraum" führten sie in Oxford und an vielen anderen Orten auf. Und ausnahmsweise fuhren sie durch London zurück, wohin sie die Neugier zog. Sie sahen den König und die Lords, die zum Parlament zogen, und sie besuchten das „Globe“ zu dritt: Hilliard, Nathan und Judith. Man spielte eines der Königsdramen, und Shakespeare hatte eine Nebenrolle übernommen. Als nach der Vorstellung ein junger Mann im Ritterkostüm sie zu Master Shakespeare auf die Bühne bat, glaubte Judith zu träumen und zupfte aufgeregt an dem nun ein wenig engen blaßgrünen Seidenkleid, in welchem sie in Vernon Hall „Romeo und Julia“ gefeiert hatte.

„Meine Helena!“, sagte der Meister. „Ich habe Euch nicht vergessen, Mistress Field, und auch dich nicht, Nathan.“

„Und Ihr saht uns?“

„Meine Rolle ist nicht so groß, dass ich mein Publikum in den ersten Reihen nicht sehen und beobachten könnte. Ich habe Euch etwas zu geben, Master Hilliard. Simon, das Manuskript von ‚Maß für Maß‘.“ Er gab Hilliard die Papiere, sah aber Judith an. „Euch sah ich, als ich meine Isabella schrieb – lasst es mich wissen, was Ihr davon haltet …“

Anderentags, auf dem Wagen, den Nathan lenkte, las Judith wieder in ihrem alten Leinenkleid Shakespeares neuestes Schauspiel.

O Isabella! Meine, unbeugsame Isabella! Welch wundervolle Szene mit Angelo … könnte ich sie doch nochmals spielen oder wenigstens Mariana … ich bin sechsundzwanzig, schon zu alt … warum? Meine Partner sind älter. Warum ist es absurd, wenn eine Sechsundzwanzigjährige die Isabella spielt, aber nicht, wenn es ein zwölfjähriger Knabe tut? Aber in Vernon Hall sitzt Lady Catherine …

„Wie ist es?“, fragte Nathan. „Ist etwas für mich drin?“

„Es ist ein wundervolles Schauspiel“, sagte sie *(und er hat es mir gewidmet!)*, „und es hat für dich eine herrliche Rolle, den Herzog – wenn du den spielst, und ich dürfte mit dir die Isabella spielen. Doch das ist nicht möglich. William wird es tun.“

„William? Percy ist der Erste Knabe.“

„Ich weiß, aber wir sollten William die Isabella spielen lassen. Er weiß, was es bedeutet, um das Leben eines geliebten Menschen vergebens zu flehen, der Macht hilflos ausgeliefert zu sein – und kann sich als Isabella vielleicht von seinen Erinnerungen befreien, wenn er sie auf der Bühne auslebt.“

„Wie du meinst“, sagte Nathan liebevoll, „du irrst dich nie in Besetzungsfragen. Ihr Frauen habt ein feineres Gespür als wir.“

Judith, William und Percy, schrieben säuberlich die Rollen ab. Und dann lasen Judith und Nathan, unterstützt von Vater Hilliard, das Stück vor. Judith las alle Frauenrollen, und in ihrer Stimme war das, was die anderen atemlos lauschen ließ, das Flehen der Isabella, die Klage der Mariana … Alle applaudierten sowohl dem Genius Shakespeares als auch der Rezitation ihrer besten Schauspielerkollegen. Und nun kam wieder der aufregende – und nicht selten auch zu Missstimmungen führende – Augenblick der Rollenverteilung.

„Nathan als Herzog“, sagte Hilliard, „Adam als Claudio. Richard Angelo, James Lucio, Mortimer Pompeius.“ Dieser zog ein Gesicht. Und so kamen nacheinander alle dran. „Isabella", Hilliard drehte sich um zu seiner Tochter.

„William", sagte sie. Sie hatte Percival vorbereitet. Er war nicht überrascht, Mariana zu bekommen, aber Judith fühlte seine Enttäuschung und teilte sie in aller Stille. Jack strahlte, weil er die kleine, aber anrührende Rolle der Julia bekam.

Und nun verteilten Hilliard und James die Rollenexemplare, welche freudig entgegengenommen wurden – und Judith setzte ihren Knaben die erste Frist des Textlernens.

„Steh doch still, Laurence!“, sagte Judith zu ihrem Sohn. „Ich begreife, dass du aufgeregt bist vor deiner ersten großen Rolle, aber wenn du nicht stillhältst, sticht dich meine Nadel!“

„Ist es wahr, Mutter, dass du dieses Kleid in Vernon Hall trugst, als du vor Master Shakespeare die Julia spieltest?“

„Nein“, sagte Judith, „vor Master Shakespeare spielte unsere Truppe den ‚Kaufmann von Venedig‘. Und dieses Kleid trug ich, als ich, stellvertretend für die ganze Truppe, mit meinem Vater und Richard zum Bankett geladen wurde und später nochmals in London, als ich das ‚Globe‘ besuchte.“

Sie betrachtete kritisch ihr Werk – in den tiefen, runden Ausschnitt hatte sie Linnen und Krause geheftet, um die Laurence fehlenden Rundungen zu überspielen. „Du kannst dich jetzt umziehen, mein Junge.“

„Vernon Hall ist wundervoll, Mutter. Als wir im vorigen Jahr dort ‚Maß für Maß‘ spielten. Doch Richard sagt, Mylady verabscheue das Theater. Wir sahen sie aber neben ihrem Gatten: Sie ist wirklich keine Schönheit.“

„Sie hatte Gäste und musste sich fügen. Sie kann nicht von Lord Vernon fordern, seine eigene Schauspieltruppe nie zu sehen“, sagte Judith. „Und in allen Frauenrollen fand sie Knaben vor, wie es sich gehört!“, fügte sie bitter hinzu.

„Sie muss recht böse gewesen sein, als er uns das

Geld gab, um in Oxford unser Theater zu bauen!“, wandte Laurence ein.

„Das war deines Großvaters letzte Lebensfreude.“

So viel hatte sich verändert in den vier Jahren, seit sie zum ersten Mal „Maß für Maß“ gespielt hatten! Die Mutter war für immer von der Bühne des Lebens abgetreten und seitdem war es mit dem Vater auch nicht mehr recht gegangen. Erst nach ihrem Tode wurde allen deutlich, wie Edmund Hilliard an der stillen Frau gehangen hatte.

Während einer Aufführung von „Was ihr wollt“ war er von dem tödlichen Herzschlag ereilt worden. Seine Kinder hatten ihn vergebens vor der anstrengenden Rolle des Junker Rülp gewarnt, als sie Zeugen seiner Herzkrämpfe wurden.

„Wenn ich nicht mehr spiele, bin ich tot!“, hatte er gesagt. Judith litt noch immer unter dem Verlust ihrer Eltern. Nun war Nathan der Prinzipal der Truppe. Jennys Pflichten hatte Madeline übernommen, eine junge Schankmagd, die James in dem Gasthofe kennengelernt hatte, wo sie erstmalig „Maß für Maß“ spielten, und die er zu seiner Frau gemacht hatte. Madeline konnte weder lesen noch schreiben und neidete Judith nicht ihre Aufgaben in der Truppe. Der Vater war im Jahre der berüchtigten Pulververschwörung gestorben, ganz kurz nach der Heirat seines Sohnes. James und Madeline hatten zwei Kinder, den vierjährigen Oliver und die zweijährige Mariana. Auch Mortimer hatte geheiratet, aber seine Frau, die gegen Judith intrigiert hatte, wo sie nur konnte, war bei der Geburt ihres Sohnes Dan gestorben. „Die Kleinen machen viel Arbeit“, sagte Laurence mit der Weisheit seiner zwölf Jahre, „aber um kleine Elfen sind Oberon und Titania nun nicht verlegen!“

William und Percy spielten heute Abend kleine Nebenrollen in den Schäferszenen von „Wie es euch gefällt.“ An ihre Stelle waren Laurence und Valentin Berkeley getreten, Matthews Sohn, den dieser eines Tages mitgebracht hatte. Judith war nun zweiunddreißig Jahre alt, und Matthews damalige Eifersucht längst vergessen.

Die Nebenrollen der beiden Schäferinnen spielte ein Geschwisterpaar, Jasper und John. Sie waren von einem unerträglichen Zuhause davongelaufen. Jasper war zwölf Jahre alt und John elf. Sie hatten die beiden erst vor drei Wochen aufgelesen.

„Sage Valentin, er soll wegen des Kostüms auch noch einmal vorbeikommen!“, sagte Judith. Das aprikosenfarbene Kleid der jungen Lady Anne musste heute noch einmal für Prinzessin Celia herhalten.

Nathan und die hübsche Madeline kamen aufgeregt herein.

„Hör dir das an!“, stöhnte Nathan.

„John ist ein Mädchen, das Knabenkleidung trägt!“

„Seit wir sie kennen, und heißt Jane!“

„Ich habe es entdeckt“, berichtete Madeline.

„Aber sie hat doch kurzes Haar und nicht den mindesten Ansatz eines Busens …“

Madeline unterbrach Judith: „Für ihre elf Jahre ist sie körperlich noch kaum entwickelt, aber ich kann ein Mädchen von einem Knaben unterscheiden, das glaubt mir! Und was machen wir jetzt?"

„Wir haben keine männliche Phoebe – überhaupt keinen Vierten Knaben!", sagte Nathan konsterniert.

„So lasse John spielen, wie vorgesehen!", sagte Judith ruhig. „Sie ist noch ein Kind. Was wir drei Wochen lang nicht entdeckten, werden auch die Leute nicht entdecken. John und Jasper sind nicht sonderlich begabt, alle beide nicht. In Nebenrollen kannst du Jane ruhig einsetzen, wenn Bedarf an einem vierten Knaben ist!"

„Mir bleibt nichts anderes übrig", erwiderte Nathan.

„Du bist nicht wegen Jane aufgeregt", sagte Judith.

„Nein. Auch nicht wegen dem ‚Jacques' heute mittag. Ich glaube, es ist unseres Sohnes wegen … Souffliere gut, Judith. Er will unbedingt Erfolg haben, und er hat so hart gearbeitet an der Rosalinde, du warst gnadenlos mit ihm. Lass uns alle noch etwas essen, Frau, und dann wird es Zeit, sich zu kostümieren."

„Ich bin nicht weniger erregt als unser Laurence. Ich bringe keinen Bissen herunter!"

Bald stand sie wieder an unsichtbarem Ort und soufflierte. Adam brillierte als Orlando. Der erste Akt, in welchem ihre Knaben viel zu tun hatten, verlief wirklich gut, wenngleich Valentin, der mit der Celia ebenfalls seine erste große Rolle hatte, vor Lampenfieber mitunter hängenblieb. Das reizende Spiel der Cousinen entwickelte sich weiter, die Leute lachten über Rosalindes verliebte Seufzer und Celias prosaische Kommentare.

Der zweite Akt lief ab.

„Du siehst, unglücklich sind nicht wir allein!"
sagte Ben Hayes als Herzog.

„Und dieser weite, allgemeine Schauplatz
Beut mehr betrübte Szenen dar als unsre
Worin du spielst."

Und Nathan als Jacques erwiderte:

„Die ganze Welt ist Bühne,
Und alle Fraun und Männer bloße Spieler.
Sie treten auf und gehen wieder ab,
Sein Leben lang spielt einer manche Rollen
Durch sieben Akte hin ..."

Judith wusste, dass sie Nathan nicht soufflieren musste. Sie hörte nur zu. In Nathans Mund gewannen die bekannten Verse beklemmende Gewalt. Erster Akt: „Zuerst das Kind" die Zeit auf Mutters Arm, deren sie sich nur verschwommen erinnerte. Zweiter Akt: Die Kindheit mit der Truppe, die Welt des Lernens. Dritter Akt: Julia im Mondenschimmer ... die Sterne über dem Park von Vernon Hall. Vierter Akt: Dem Soldaten des Textes entsprechend – die Zeit ihrer körperlichen und geistigen Mutterschaft. Und welche Rollen hielt das Leben noch bereit? Fünfter Akt:

„Und dann der Richter",
sagte Jacques,

„Im runden Bauche, mit Kapaun gestopft."

Auf jede Frau bezogen – die behäbige Matrone. Sechster Alt: Die verschrumpelte Greisin. Siebenter Akt:

„Der letzte Akt,
Mit dem die seltsam wechselnde Geschichte schließt,
Ist zweite Kindheit, gänzliches Vergessen,
Ohn' Augen, ohne Zähn, Geschmack und alles."

Judith schauderte. Dies war Vater erspart geblieben. *Warum nur, o Gott, o warum nur? Was ist mit Euch geschehen, Master Shakespeare?*, flüsterte sie in Gedanken. *Woher Eure neue Schwermut? Ich werde es wohl nie erfahren.* Nun sang Richard mit angenehmem Bariton. Keine andere Komödie des Meisters war so reich mit Liedern ausgestattet.

Laurence betrat wieder die Bühne, glücklich, schon seit dem zweiten Akt die Frauenkleider wieder los zu sein. Er brachte seinen schwierigen und umfangreichen Text souverän und so natürlich und locker, als sei er wirklich die übermütige Rosalinde.

Im vierten Akt hatten Nathan und Laurence eine kurze Szene miteinander. Voller Stolz und Rührung betrachtete Judith die beiden liebsten Menschen ihres kleinen Lebenskreises. Endlich schloss das Spiel mit vierfacher Hochzeit, und Laurence musste noch seinen langen Epilog sprechen. Er riss die dunkle Frauenperücke ab und wendete sich voller Charme an sein Publikum. Judith sah die verzückten Augen der Frauen.

„Wäre ich eine Frau, so wollte ich jeden
von euch küssen, dessen Bart mir gefiele ..."

Jubel der Zuschauer. Sie sprangen auf, die in den vorderen Reihen suchten Laurence zu berühren. *Ich ver-*

suchte, ihm alles zu geben, was ich besitze, dachte Judith. *Und das andere – woher hat er dieses Genialische? Den Genius des Poeten William – oder des Schauspielers Nathan?*

Noch immer schrien sie nach Orlando und Rosalinde. Es war ungerecht, dass Nathan und Ben Hayes schwächeren Applaus erhielten, aber sie verfügten nicht mehr über den Zauber der Jugend.

Laurence, sonst Zärtlichkeiten abgeneigt, fiel Judith in die Arme. „Was sagst du, Mutter?"

„Was mir mein Vater an einem solchen Abend sagte: Ich wünschte, Master Shakespeare hätte dich gesehen. Er wäre stolz auf dich!"

„Du sahst ihn zweimal, Mutter?"

„Damals in Vernon Hall und dann in London."

„Werden wir nochmals nach London kommen?"

„Ich weiß es nicht", sagte Judith, „aber Master Shakespeare ist nicht mehr in London, sondern in seiner Heimatstadt Stratford."

Noch einmal hatte sie sich mit Shakespeare in Verbindung gesetzt. Als sie das Theater bekamen, war die Truppe sich einig darüber, dass sie nicht mehr nur Komödien spielen konnten. Aber die meisten Tragödien waren so personalstark, dass es auch mit Doppelrollen und Streichungen an Darstellern mangelte. „Romeo" war nur gelungen, weil der Lord sein Gesinde als Statisten und Kleindarsteller zur Verfügung gestellt hatte.

Da hatte Judith sich darangemacht, unter Nathans Namen selbst eine Tragödie zu verfassen: „Der Mars von Florenz" nach einer altitalienischen Novelle. Sie hatte den „Mars" Shakespeare vorgelegt und er hatte ihn ihr mit einigen ermutigenden Worten und Änderungsvorschlägen zurückgeschickt. In der Rolle des unglücklichen Liebespaares errangen Percival und Adam beträchtliche Erfolge.

Nathan kam von der Bühne. Judith nahm ihn in die Arme. „Du warst wunderbar, lieber Mann!"

Sie spürte seine Kühle, die Starre seiner Schultern. „Das sagst du."

Erschrocken erkannte sie, dass er neidisch war auf seinen Sohn, eifersüchtig auf die Bewunderung seines Publikums. Schon damals, als er den Bertram spielte. Sie hatte seine Eifersucht ihrem Verhältnis mit dem jungen Lord zugeschrieben, aber sie hatte sich geirrt. Doch sie war nur dies einzige Mal mit ihm zusammen aufgetreten – und sie hatten kein Publikum gehabt außer vier Edelleuten … *o Gott,* dachte sie, *wie oft wünschte ich mir, spielen zu dürfen, namentlich die wunderbare Isabella – und wie gut, dass ich es nicht durfte. Nathan hätte mir nie verziehen, wenn ich ebenso gefeiert worden wäre, wie er oder gar mehr … nein, nein, mein Gemüt ist überanstrengt durch die Aufführung und die Vorbereitungen, er gönnt Laurence seinen ersten Erfolg, welche Gespenster sehe ich da …*

„Nein, Laurence, nein, so geht es nicht. Dido ist eine verlassene Frau: zornig, verzweifelt, gedemütigt, von Angst geschüttelt …"

„Mutter, das kann kein Mann spielen. Nicht einmal Vater könnte das."

Natürlich hatte der Junge recht. Master Marlowe war ein Fantast, wenn er die Geschichte der Dido für ein Theater dramatisierte, das jeder Frau die Bühne verbot. „Mutter, du müsstest die Dido spielen."

„Ja, Laurence. Aber die Welt ist ungerecht zu Frauen."

„Mutter, bist du einmal verlassen worden? Wie Dido?"

„Ja, mein Sohn. Vor langer Zeit, ehe ich deinen Vater kannte. Einmal erlebt dies wohl jede Frau. – Nun versuche es noch einmal, so gut du es vermagst."

Doch sie wurden gestört von Madeline Hilliard.

„Judith – er hat schon wieder eine Schlampe! Die vom Goldenen Löwen!"

Judith seufzte. Ihr Bruder hatte seine Junggesellengewohnheiten auch in der Ehe nicht abgelegt.

„Die Komödianten taugen doch alle nichts! Auch dein Nathan."

„Laurence, geh und hole Valentin. Wir werden die Szene mit Didos Schwester Anna proben. Und suche die Geschwister. Juno und Venus sind noch sehr unsicher im Text."

Der Knabe verschwand.

„Nicht vor den Kindern, Madeline!"

„Warum lässt du es dir gefallen? Von uns fordern sie Treue und sie selbst …"

„Ich habe Nathan nie gefragt, was er tut, wenn er ohne mich fortgeht: Er ist ein schöpferischer Mensch. Ich lasse ihm seine Freiheit, solange es nicht die Truppe betrifft. Wenn er mit dir schliefe, Madeline, und dadurch die Arbeit mit James gefährden oder die kleine Jane verführen würde, dann zwänge ich ihn dazu, sich zu verantworten – notfalls vor der ganzen Truppe!"

„Aber ich ertrage seine ewige Untreue nicht …!", jammerte Madeline. „Er schuldet mir etliches … ich ziehe ja nicht nur seine Kinder groß, sondern auch die beiden Geschwister und Mortimers Daniel – das sind fünf! Darf er mich dennoch so missachten?"

Endlich ging Madeline fort. Die hatte sich nur ausweinen wollen, sie wusste, dass James Mahnungen seiner Schwester in den Wind schlug.

Judith war wieder allein mit ihren Knaben. Sie warf das Manuskript hin: „Was soll das? Was greinst und flennst du plötzlich, Laurence?"

„Ich mache es doch nur wie die Muhme!", verteidigte sich Laurence. Die anderen lachten.

„Dido ist eine Königin!", sagte Judith erzürnt.

Trotz seiner Begabung und aller Bemühung gelang die Dido nicht recht. Nathan schrie Laurence auf der Hauptprobe an.

„Er leistet schlechte Arbeit!", entschuldigte er sich danach.

„Kein Knabe von dreizehn Jahren kann die verlassene Dido verkörpern! Auch du hättest es in seinem Alter nicht vermocht. Der Fehler liegt beim Dichter, nicht bei deinem Sohn!", rief Judith.

Laurences mäßiger Erfolg als Dido stimmte jedoch seinen neiderfüllten Vater milder. Er selbst war geknickt, mehr noch: verzweifelt. Er verlor den Glauben an sich selbst.

„Du, Laurence", sagte Judith, „wirst ein großer Schauspieler – wachse nur erst hinaus über die Frauenrollen. Mein Sohn enttäuscht mich nicht!"

Als der Sommer in seine Spätphase trat, schloss die Truppe das Theater und ging auf Gastspielreise mit „Wie es euch gefällt". Das Endziel war Vernon Hall.

Empfang wie einst durch den Haushofmeister. Judith glättete ihr Kleid. Es war dunkelgrün, wie es einer reiferen Frau ansteht. Sie stand unsichtbar hinter einem Mauervorsprung mit dem Manuskript in jenem Hof, in dem sie ihre ganze Liebe in die Gestaltung der Julia verströmt und vor Shakespeare die Porzia gespielt hatte. Doch auf der Bühne stand ihr anderes Ich, und in ihrem Sichtfeld sah sie ihren Sterngeliebten, breit und dicklich geworden wie seine Schwester und neben ihm, ganz in Weiß, unsagbar lieblich Julia. Sie hat seine Haarfarbe, aber meinen Mund …

„Einsatz!", flüsterte Richard wütend. Sie vergaß einige Sätze, dem gefesselten Publikum entging der Fehler. Epilog. Applaus. Sogar von Lady Catherine. Nathan schminkte sich zornig ab. „Ich bin müde. Ich hatte eine anspruchsvolle Rolle. Ich will meine Ruhe."

„Wir müssen zu dem Empfang gehen", sagte Judith geduldig.

„Warum ich? Sie haben doch auch nur Augen für das Liebespaar."

„Aber du bist der Prinzipal."

„Ich? Du bist in Wahrheit die Prinzipalin. Geh allein."

„Das werde ich tun. Julia ist zugegen!"

Mit einem Fluch erhob sich Nathan. Wieder einmal die Great Hall mit Kerzen.

„Ihr wart unvergesslich – ich habe gelacht und geweint, Master Field!", sagte Julia entzückt. Nathan straffte sich unwillkürlich beim Klang seines Namens, aber Julia lächelte strahlend Laurence an, der sie mit weitgeöffneten, verzückten Augen anstarrte. Niemand hatte ihn zuvor so angeredet.

„Junger Mann, Ihr macht dem großen Meister alle Ehre." Der Lord legte seine Hand auf die Schulter des Jungen. „Ihr seid Eurer schönen Mutter Ebenbild. Wüsstet Ihr nur, wie Eure Gesten, Eurer Stimme Klang mich erinnern an ihre Porzia!"

„Sie hat ihn auch unterrichtet, Eure Lordschaft!", sagte Nathan feindselig. „Alles verdankt er nur ihr."

Judith beachtete es nicht. Ihre Augen ruhten auf Julia. „Mein Oheim ist ein großer Verehrer Master Shakespeares", sagte diese zu Laurence, „und meine Eltern ebenfalls, wisst Ihr, dass sie mich Julia tauften nach der Juliet von Verona?"

„*Oh sie nur lehrt die Herzen, hell zu glühen*",

deklamierte Laurence.

„*Wie in dem Ohr des Mohren ein Rubin,*
So hängt der Holden Schönheit an den Wangen
Der Nacht, zu hoch, zu himmlisch dem Verlangen ..."

Ungerührt vom Lachen ihrer Brüder und des jungen Vernon fügte er hinzu: „Eines Tages, mein Fräu lein, werde ich für Euch den ‚Romeo' spielen."

„Das Lied: ‚Ehstand ist der Juno Krone' hat mir recht wohl gefallen, Master Field!", sagte die säuerliche Lady im Bestreben, freundlich zu sein, zu Nathan und zog ihn in ein Gespräch, was Judith, für einen Augenblick erlaubte, sich zu dem Lord zu wenden.

„Ihr habt sie mir gebracht", sagte sie leise. „Ewig sei Euch Dank. Es war nicht Lady Anne, ich fühle wohl, mit welch ängstlicher Wachsamkeit sie mich betrachtet, doch von mir droht dem Kinde nichts."

„Sie ist mein einziges Glück, Judith", erwiderte der Lord. „Ich verdanke Euch das Kostbarste – seht nur die beiden! Sind sie nicht ein holder Anblick?"

„Master Field", fragte Julia schüchtern, „habt Ihr schon die Isabella gespielt?"

„Nein, mein Fräulein."

„Doch Eure Truppe ist im Besitz der Rollen?"

„Gewiss, Fräulein Julia."

„Erfüllt mir eine Bitte."

„Jede, wunderschönes Fräulein!"

„Besorgt mir die herrliche Szene Isabellas mit Angelo und die mit Isabella, Mariana und dem Herzog. Es macht mir große Freude, sie mit meinem Oheim des Abends am Kamin laut zu lesen … laut sie zu sprechen … Ihr versteht, wie meine Mutter und mein Oheim es in jungen Tagen taten."

„Die Isabella-Szene schickt sich nicht für junge Mädchen, meine Tochter", sagte Lady Anne ungehalten.

„Du findest das Manuskript in meiner Bibliothek, Julia", sagte der Lord.

„Aber du weißt auch, dass Muhme Catherine derlei nicht gerne sieht", beharrte Anne, „und euch auch nicht zuhört."

„Doch zu den Monologen bedarf ich keiner Gesellschaft", bemerkte Judiths Tochter lächelnd. Anne gab ein Zeichen und Richard wiederholte die Lieder des Amiens zur Laute und das Pagenlied!

„Julia hat ein wunderbares musikalisches Gehör", sagte der Lord, „sie ist imstande, dies nachzusingen. Wie eine Nachtigall – Lass, Kind, deine Stimme hören! Ihre Auffassungsgabe und ihr Gedächtnis übersteigen die der Knaben und auch das meine."

„Ihr lobt meine arme Stimme viel zu sehr, mein Oheim."

Richard stimmte auf der Laute wiederum an ‚Unter dem Blätterdach', und Julia sang mit glockenreiner Stimme und richtiger Phrasierung. Und als sie geendet hatte und der Beifall schwieg, rezitierte Laurence:

„Der Mensch, der die Musik nicht in sich trägt,
und nicht bewegt wird von der Macht der Töne …"

Nathan brachte ihn zum Schweigen und warf ihm Dreistigkeit vor, doch der Lord forderte ihn auf, zu vollenden. *Meine Kinder,* dachte Judith mit pochendem Herzen, *meine beiden wunderbaren Kinder!*

Ehe sie die Halle verließen, fand sie noch die Gelegenheit zu den Worten: „Ich danke Euch, Mylady, für alles, was Ihr an mir Armen tatet. Dank, Dank für Eure Güte an meinem Kinde." Dies durfte selbst Lady Catherine hören, die die Äußerung auf Annes oberflächliche Freundlichkeit gegenüber Laurence bezog.

Seit jenem Besuch war Nathan verändert. Er krittelte an Laurence herum. „Es war unverschämt von dir, junger Mann, vor Fräulein Julia ‚Romeo' zu zitieren, überhaupt zu sprechen, ohne dazu aufgefordert zu werden. Den Umgang mit Herrschaften musst du erst lernen!"

„Warum bist du so hart mit ihm?", fragte Judith. „Niemand sonst nahm an seinem Verhalten Anstoß!"

„Er machte seiner eigenen Schwester den Hof! Zugegeben, er weiß nicht, dass sie es ist, doch weißt du, dass er ihr Sonette schreibt?"

„Nein, doch fühle ich mich nicht beunruhigt. Wer weiß, wann meine Kinder sich wiedersehen. Und wäre Julia auch nicht seine Schwester, so bliebe sie doch sein ‚unerreichbarer heller Stern am Himmel'! Lasse ihm diesen."

„Auch du liebtest ‚am Himmel einen hellen Stern', aber leider nicht tugendhaft, wie wir beide wissen!"

„Du weißt es nur", schrie Judith wütend, „weil ich nicht ahnen konnte, dass du mein Vertrauen so missbrauchen würdest! Ich hätte dir mein Vorleben nicht erzählen müssen, Nathan. Und für die Tugend Julias lass Lady Anne Sorge tragen. Sie hat sie mit makelloser Sorgfalt erzogen."

„Kein Kleid befleckt sich so leicht wie ein weißes! Sie ist der Lady Zögling, aber deine Tochter. Dein leichtfertiges Blut trägt sie in den Adern."

Schimpf und Schande häufe über mich, salbadere wie ein Puritaner, dachte Judith zähneknirschend, *aber lasse Laurence in Frieden.*

Doch der Herbst und Winter wurden zur Hölle. James erbot sich, mit Nathan zu reden, doch Judith bat ihn, davon abzulassen, um die Lage nicht noch zu verschlimmern. Doch sie fragte sich, wie es weitergehen sollte.

Laurence träumte von der Helena-Rolle. „Liebt' ich am Himmel einen hellen Stern …" Doch man erarbeitete den Othello. Nathan gab die Rolle der Desdemona nicht seinem Sohn, sondern Valentin. Die Bianca spielte John-Jane, da Jasper schon zum Manne wurde, und Laurence bekam Emilia. Judith studierte mit den Knaben die Rollen.

„Was ist, Laurence?“, fragte sie ihren Sohn. „Du bist viermal hängengeblieben. Ich weiß, dass du über ein ausgezeichnetes Gedächtnis verfügst.“

„Verzeih, Mutter.“

„Das ist keine Antwort.“

„Ich denke an so vieles – warum bin ich nur ein Schauspieler, Mutter?“

„Nur? Andere Knaben sind Reiterbube, Jungknecht, Tellerwäscher ihr ganzes Leben lang. Stehst du auf der Bühne, so bist du Priester, König, Zauberer … nur eines bist du niemals: Fräulein Julias beglückter Gatte. Ich verstehe dich, mein Sohn. Auch ich …“

„Der Lord, nicht wahr?“, fragte Laurence leise. „Ja, Kind. Aber sage mir nicht, deine erste Liebe verschulde deine Textausfälle. Du bist die steifste und langweiligste Emilia, die sich denken lässt, weil du deinen Vater schonen und ihm allein den Beifall lassen willst.“

„Du solltest dies als Erste verstehen.“

„Aber das darfst du nicht! Du bist Schauspieler, und erst danach kommt alles andere. Dein Verhalten soll deinem Vater helfen, doch es schädigt uns alle. Was du Richard, deinem Partner, damit antust. Laurence, wenn du ein besserer Schauspieler als dein Vater bist, so ist es an ihm, sich damit abzufinden. Und er ist zu klug, um nicht zu bemerken, wenn du absichtlich schlecht spielst. Glaube nicht, durch dieses Liebesopfer sein Herz zu rühren. Es wird seinen Stolz nur noch mehr verletzen, denn auch Richard, James, Ben und Mortimer vermögen dein Taktieren zu durchschauen. Hilf mir, Kind, ich habe genug Mühe mit Valentin. Seine Desdemona will und will nicht gelingen.“

So war es auch. Judith sprach lange und eingehend mit Valentin. Aber weder seine erste unglückliche Liebe zu der kleinen Jane noch eine rührende Verstellung zugunsten seines Freundes Laurence schienen die Ursache seines Misserfolgs, sondern echtes Unvermögen. Die muntere Celia hatte er leidlich gespielt, und Judith hatte an ihm ein deutlich ausgeprägtes Talent zur Komik entdeckt, das die berechtigte Hoffnung erweckte, ihn dereinst als Mortimers Nachfolger zu sehen, doch zur Tragödie war er nicht geschaffen.

Nach den ersten Proben forderte das gesamte Ensemble einmütig den Tausch der Frauenrollen. Nathan gab Judith die Schuld – um ebendies zu erreichen, habe sie Valentin so schlecht vorbereitet – doch da sie keinen anderen Knaben als Laurence hatten und Valentin weinend flehte, ihm die Desdemona zu ersparen, und da Nathan unbedingt den Othello spielen wollte, willigte er grollend ein in die Umbesetzung. Dennoch hatte er ständig an Laurence etwas auszusetzen und plagte seine Familie, bis ihm Richard, der den Jago spielte, vor allen anderen die Meinung sagte.

„Deine Familienstreitigkeiten gehören nicht auf die Bühne! Es ist betrüblich, dass ich das dem Prinzipal sagen muss! Der Knabe spielt Desdemona sehr gut, und du weißt es auch! Beherrsche also freundlichst deine üble Laune!“

Von da an nahm Nathan sich auf der Probe zusammen, aber am Morgen vor der Vorstellung gab es wieder Streit mit seiner Frau.

„Höre auf, meinen Sohn zu entmutigen, weil er eines Tages besser sein wird als du!“, schrie Judith. „Du nimmst ihm allen Glauben an sich selbst. Und du bringst ihn in eine unhaltbare Lage, weil er dich liebt!“

„Dein Sohn! Dein Laurence! Immer und überall kommt er zuerst, bei der Truppe, bei den Zuschauern, und – was wunders –, da er es bei dir tut und sich überschätzt, da du ihm einredest, er sei ein Genius, seit er der Wiege entwuchs! Du hast ihn immer mehr geliebt als mich. Wo wäre ohne mich die ganze Hilliard-Truppe mitsamt dir und deinem süßen Laurence, unserer reizenden Rosalinde und engelgleichen Desdemona! Ich versuche nur, aus ihm einen fähigen Schauspieler zu machen, denn er ist auch mein Sohn!“

„Bist du dir dessen so gewiss, Master Field?“, fragte sie leise und böse. Sie hatte dies nie sagen wollen, aber das Körnchen Wahrheit in seinen Worten über die Verteilung ihrer Liebe machte sie rasend. Sie hasste es, ihr Herz Vorschriften zu unterwerfen, hasste die neidische Aufrechnung ihrer Gefühle, verabscheute die Forderung, ihre Liebe prozentual zu verteilen auf Gatten, Sohn, Tochter und Lord Vernon. All dies hätte sie ihm deutlich sagen müssen – aber nicht das, was sie sagte. Nathan schlug zu. Da er bereits geschminkt war, hinterließ seine Hand schwarze Spuren auf ihrem Gesicht. Ihre Lippen brannten und schmeckten salzig-metallisch. Sie wusch sich sogleich das Gesicht, damit Laurence vor der Vorstellung nichts sehen sollte.

Er merkte auch nichts in seiner Erregung, während sie ihn in das türkisfarbene Samtkleid schnürte, das sie einst im fünften Akt als Porzia getragen hatte. Der Anfang des „Othello“ verlief ganz planmäßig. Jago, Adam als Rodrigo und Ben als Desdemonas Vater Brabantio gaben ihr Bestes.

Doch zunehmend überkam die Zuschauer atemlose Beklemmung. Sie schienen die persönliche Animosität zwischen Othello und Jago, Othellos rasende Eifersucht und die eingeschüchterte Scheu der holden Desdemona zu spüren, die ihr Liebling war.

Ich hätte es ihm nicht sagen dürfen, dachte Judith reuig. *Noch beherrscht er sich, doch wie lange noch, und er fällt aus der Rolle?*

Die Szenen ohne Othello schenkten kurze Entspannung, obgleich viele Schauspieler verstört waren und nur mechanisch noch reagierten.

„Verzeih mir, Nathan!“, flüsterte Judith. „Es ist nicht wahr …“

Er hörte nicht zu. Im vierten Akt ging er so grob um mit Desdemona, dass James rot vor Wut wurde.

„Hat er dir wehgetan?“, fragte Judith leise. Laurence schüttelte den Kopf und rieb sich den Ellenbogen.

„Nichts von Bedeutung. Er ist ein wunderbarer Othello.“

Nun kleidete er sich in das alte weiße Botticelli-Gewand, das seine Mutter als Julia getragen hatte. Letzte Szene mit Emilia. Mit glockenreiner Stimme sang Laurence das Lied vom Weidenbaum.

„Gut Nacht! Und lass mich, Herr, in fremden Sünden
Nicht eigne Sünde, lass mich Bess'rung finden!

Donnernder Beifall der gerührten Zuschauer lohnte dem jungen Mimen.

Nach der Straßenszene mit den Nebenfiguren folgte die große Mordszene. Nicht nur Judith befiel übermächtige Angst.

„*Nur, bis ich noch gebetet!*“, flehte Desdemona in rasender Furcht. „*S' ist zu spät!*“

„Um Gotteswillen!“, flüsterte irgendein Schauspieler neben Judith, „er bringt ihn ja um!“

Valentin als Emilia stürzte vorzeitig auf die Bühne, gefolgt von Judith und Jago, Montano und Gratiano von der anderen Seite. Judith warf sich über ihren Sohn und hauchte ihm ihren Atem ein. Die Zuschauer, die die Tragödie nicht kannten, glaubten, dies sei ein Teil des Dramas und Judith eine der Dienerinnen. Indessen rettete Valentin geistesgegenwärtig die Szene und wuchs über sich hinaus. Den Text abkürzend, rief Emilia:

„*He! Holla, gnäd'ger Herr!*“

„*Wer da?*“,

fragte Othello, obgleich Emilia bereits auf der Bühne stand.

„*Oh ungerecht, höchst ungerecht ermordet!*“,

übernahm Montano den Text der sterbenden Desdemona und wies auf das Bett.

„*Sie fiel der Sünd anheim und ward zur Hure*“,

griff Othello den Text auf, und dieser lief nahtlos bis zu Emilias Schrei:

„*Der Mohr hat meine Frau erwürgt! Helft! Helft!*“

Sie wendete sich sogleich geistesgegenwärtig an Jago:

„*Straf diesen Böswicht Lügen, wenn du Mann bist!*“

So hielten sie die Szene durch, bis Robin als Ludovico Judith von dem Bett wegwinkte. Sie hatte inzwischen gesehen, dass ihr Sohn sich noch regte, und trat zurück in den Hintergrund, wobei sie sich schluchzend abwendete, sodass das Publikum weder ihr Alter noch ihr Geschlecht bemerkte. Sie hielten die schlichtgekleidete Frau für einen Knabendarsteller, da sie nur ihren Rücken sahen.

Othello starb im Kusse, Jago wurde gefesselt abgeführt, und da die Shakespeare-Bühne keinen Vorhang kannte, wurden Othello und Desdemona – wie seinerzeit Romeo und Julia – auf Bahren im Trauerzug davongetragen.

Während Othello mit Gewalt von seinen Mitspielern zum Empfang des Applauses geschleppt wurde, öffnete Laurence die Augen und krächzte: „Mutter? Was tust du auf der Bühne?“

„Hörst du nicht? Es ist vorbei.“

„Aber mein Einsatz …“

„Valentin hat sich im Text geirrt, und von da an haben sie nur noch improvisiert. Die Schlussszene war nur halb so lang, wie sie sein sollte, aber die Gründlinge haben es nicht gemerkt.“

„Aber ich muss hinaus!“ Schwankend betrat Laurence wieder die Bühne. Der Beifall schwoll an. Endlich ebbte er endgültig ab.

Nathan stürzte weinend zu seinem Sohn und schloss ihn in die Arme.

„Ihr wart wundervoll, Vater. Wisst Ihr, dass ich mich in Wahrheit vor Euch fürchtete?“

Nathan stürzte davon.

„Lass, mein Sohn", sagte Judith. „Nach dieser Vorstellung muss er allein sein."

„Ihr seid alle erschüttert von der Tragödie", sagte Laurence ungewiss zu seinen Kollegen. „Mir war, als stürbe ich tatsächlich. Ich muss für einige Augenblicke das Bewusstsein verloren haben, so griff mich die Dichtung an in diesem furchtbaren Augenblick."

Nathan kehrte nicht zurück. Alle Schauspieler suchten ihn in der Furcht, er könne sich etwas angetan haben, doch es ergab sich, dass er am Abend nach „Othello" sich in einem Dorfgasthaus sinnlos betrunken und anderentags die Kutsche nach London bestiegen hatte. Valentin erfuhr später von seinem Vater, dass Nathan wieder in die Burbage-Truppe eingetreten und wie Master Shakespeare königlicher Schauspieler geworden war.

Die Truppe forderte Ben Hayes auf, nun als neuer Prinzipal die Nachfolge zu übernehmen, da er der Älteste war, aber aus eben dem Grunde lehnte er ab.

Die Schauspieler wählten nun, knapp vor Richard, James Hilliard zum neuen Prinzipal. Dieser ritt unverzüglich nach Vernon Hall, um dem Protektor mitzuteilen, dass „Othello" abgesetzt werden musste und ihm die Sorgen wegen neuer Knabenschauspieler vorzutragen, denn Laurence war in diesem Frühling schon vierzehn geworden und Valentin nur wenig jünger. Lord Vernon half seiner Truppe aus der Klemme, ersetzte ihnen den Ausfall für „Othello" und versprach, ihnen geeignete Knaben zu vermitteln.

Im Spätsommer spielte die Truppe den „Sturm“. Nach seinen schwermütigen Komödien und erschütternden Tragödien behandelten Shakespeares Alterswerke versöhnliche Märchenstoffe. Für Ben, der stets im Schatten Edmund Hilliards gestanden hatte, war Prospero die Rolle seines Lebens. Valentin war noch jung genug, die Miranda darzustellen, Laurence hatte die Rolle des Elfen Ariel, ein geschlechtsloses Wesen, an dem seine knospende Männlichkeit nicht störte. Seine Jugend und die harte Arbeit halfen ihm über den Verlust seines Vaters hinweg, während seine Mutter in stille Schwermut versank.

Im Herbst beratschlagten die Schauspieler – es ging um das Repertoire des Jahres 1612. Mortimers Sohn Dan war noch nicht alt genug für Frauenrollen, aber Laurence und Valentin diesen endgültig entwachsen. Doch von Vernon Hall kamen drei neue Knaben, Howard, Donald und Nicolas, die der Lord persönlich auf ihre Aufgabe vorbereitet hatte. Zugleich erfolgte der Befehl, den „Sommernachtstraum“ wieder einzustudieren und zu Julias Hochzeit in Oxburgh Hall aufzuführen. Dies riss auch Judith aus ihrer Lethargie. Alle bereiteten sich eifrig vor, außer James, der seine alte Glanzrolle „Zettel“ wieder bekam; obgleich einige nicht zu Unrecht meinten, für den „Thisbe“ Darsteller sei einer der Jungschauspieler geeigneter. Adam und Cecil spielten Oberon und Theseus, Mortimer den Squentz, Ben und Richard die Höflinge, Robin und Andrew die beiden Liebhaber und Laurence den Puck. Die anderen verkörperten die Handwerker. Titania und Hippolyta wurden wieder in Personalunion vereinigt, da man nur drei Knaben hatte, die junge Jane, eisern „John" genannt und in Männerkleider gesteckt, wurde noch einmal als Elfe eingesetzt, da sie noch immer knabenhaft schlank und eckig war. James und Mortimers Kinder spielten die Elfchen.

Im Hofe des trutzigen alten Schlosses in Norfolk wurden die Schauspieler sogleich an die Arbeit gestellt. Die Gerüste und die Bänke für die Gäste standen bereit. Es gelang Judith, während der Trauungszeremonie in die Kapelle zu schlüpfen. Julia war eine wunderschöne Braut in perlenbesticktem Rosa. Ihr dunkles Haar, in dem sie den Hochzeitskranz aus Jasminblüten und Moosrosen trug, war ausnahmsweise gelöst und floss lang herab über die feinen, starren Spitzen, die den Ausschnitt umgaben.

„Titania!", raunte Laurence. Judith drückte seine Hand. Er litt Qualen der Eifersucht, aber er würde der Angebeteten den heitersten Puck vorspielen, den es gab.

Einmal werde ich es ihm sagen, dachte seine Mutter, *aber nicht heute … nicht um Julias willen.* Der blonde junge Lord an ihrer Seite gefiel Judith ausnehmend gut als Schwiegersohn.

Als Julia aus der Hauskapelle der alten Wasserburg kam, schritt Judith ihr entgegen.

„Ich wünsche Eurem Brautbett Heil und Segen, Mylady!" sagte sie leise.

In den Augen Lord Vernons und seiner Schwester, die nun Witwentracht trug, sah sie ein Wiedererkennen, das widersprüchliche Gefühle auslöste, aber Julia murmelte überrascht: „Ich danke Euch für Eure guten Wünsche, Mistress", und wusste offensichtlich nicht, wie sie sich diese warmherzige Gratulation erklären oder, in welcher Ecke ihres Gedächtnisses sie die Fremde unterbringen sollte; sie war offenbar unfähig, die Frau in Dunkelgrün einzuordnen und ihrem Verlobten vorzustellen.

Schon drängten andere Gratulanten heran, denen Lady Julia, in seligem Rausch des Brauttages befangen, geistesabwesend zulächelte.

Vielleicht erinnert sie sich noch an ihren Bruder, dachte Judith traurig. *Gewiss hat sie Rosalinde nicht vergessen, aber die Frau hinter den staubigen Kostümen, nur die Mutter des Hauptdarstellers, wie hätte sie mich wahrnehmen sollen?*

Und wieder einmal rollte das Spiel ab von Elfenzauber, Theaterehrgeiz, Liebe und Verrat. Schon leitete Adam als Oberon das Finale ein:

„Nun bis Tages Wiederkehr,
Elfen, schwebt im Haus umher!"

Und er änderte, dem Anlass gemäß, den Text:

„Kommt zu Julias Brautbett hin,
Dass es Heil durch euch gewinn!
Das Geschlecht, entsprossen dort,
Sei gesegnet immerfort ..."

Nach dem Abgang der anderen trat Laurence als einziger Elf vor zum Epilog. Mit lässiger Anmut saß er an der Rampe.

„… Wollt ihr diesen Kindertand,
Der wie leere Träume schwand,
Liebe Herrn, nicht gar verschmähn,
Sollt ihr bald was Bessres sehn.
Wenn wir bösem Schlangenzischen
Unverdienterweis entwischen,
So verheißt euch Puck auf Ehr
Bald der heitern Spiele mehr …"

Meine Kinder, dachte Judith, *o meine Kinder, um euretwillen verzeiht mir der Himmel meine vielen Sünden. Ich gab der Welt einen Schauspieler und eine edle Frau, damit sie ein wenig lichter werde. Du, mein Sohn, bist der, der ich nie werden durfte, und du, meine Tochter, bist die, die zu werden ich mich vergeblich sehnte – ich stand vor einem großen Publikum nur als Aushilfe auf den Brettern, und ich war nur die Geliebte eines Gentleman in kurzen Sommernächten – doch ihr beiden habt erreicht, was mir versagt blieb, ja, Julia, du freust dich arglos der Sphäre deines Sterns, die die deine ist, und nicht nur seines fernen hohen Glanzes.*

„Nun gute Nacht! Das Spiel zu enden,
Begrüßt uns mit gewognen Händen!"

Prasselnder Beifall lohnte Puck, und er sprang, einen großen Blumenstrauß in Händen, den Oberon ihm reichte, unter die Zuschauer und gab ihn mit tiefer Verneigung der Braut.

„Oh, Ihr spieltet wundervoll, Master Field!", hauchte die rosig übergossene Julia.

Judith blickte zu dem Lord. *Du warst trotz allem treuer als Nathan,* dachte sie, *nicht mir, aber der Truppe, deren Herz ich geworden bin.*

Und er sah sie an, und sein Blick sagte: Nur du weißt, was mir dieser Tag bedeutet, und nur ich weiß, was er dir bedeutet, denn aus unserer Liebe ist diese strahlende Feenbraut geboren.

Und dann kam ein schwarzer Schatten, nur so flüchtig, wie eine Wolke über die Sonne zieht: *Kann das dauern? Wird der Jüngling im Spitzenkragen sie glücklich machen, oder ist er so flatterhaft und ichbezogen wie Demetrius und Lysander und die meisten Männer? Ist sie nicht zu gut für ihn, zu gut für die Welt, unsere Julia, schön an Leib und Seele? –*

Und die Gegenfrage: *Warst du zu gut für Nathan? Trägst du nicht Mitschuld am Scheitern eurer Ehe?*

Aber dann kamen Hochzeitsmahl, Musik, Lichter, Ströme von Wein wie auf der Hochzeit zu Kana. Die Schauspieler saßen unten am Tisch und taten sich gütlich, und Laurence trank sich den ersten großen Rausch seines Lebens an. Und als die Lerche des Morgens auch diese Julia aus der Nacht ihrer Liebe weckte, zogen die Komödianten, deren Arbeit getan war, wieder davon.

Judith war danach ruhelos und ein wenig melancholisch. Sie hatte gehen müssen, ehe sie im Gesicht der Braut hatte forschen können, ob die Verwandlung dieser Nacht zu Glück oder Unglück gedieh. Die Tochter danach zu fragen, war Lady Bedingfelds Vorrecht.

Es gab auch nicht sonderlich viel zu tun in diesem Sommer. Der „Sommernachtstraum" lief von selbst, die Souffleuse erübrigte sich weitgehend, und dies galt auch für das sonstige Repertoire, „Perikles, Fürst von Athen" und etliche Komödien weniger erlauchter Geister. Nur für das „Wintermärchen" fehlte der

Truppe zu Judiths Kummer ein Hauptdarsteller mit Nathans Qualitäten.

„Im nächsten Sommer müssen wir eine Tragödie einstudieren!“, sagte Judith zum Prinzipal.

„Sie bringen Unglück“, sagte James, „vergiss nicht ‚Othello‘!“ Er war abergläubisch, aber vor allem wollte er an Tragodien nicht recht heran. Nicht alle boten ihm so gute Narrenrollen wie „König Lear.“

„Denke an ‚Romeo und Julia‘! Nur, weil ‚Othello‘ …“

„Laurence ist noch nicht so weit, den Romeo zu spielen, das weißt du sehr wohl, und erst recht nicht den Hamlet. Auch für Lear brauche ich mehr Leute, die Knaben müssen erst heranreifen, und den bluttriefenden Macbeth verabscheue ich. Nur Nathan hätte ihn überzeugend darstellen können, nie aber Richard. Oder willst du wieder einen Knaben dir zur Dido quälen?“

„Gewiss nicht. Ich dachte nicht an Marlowe, und du hast mit jedem Worte recht, Bruder. Aber eine Tragödie gehört wieder ins Repertoire …“

„Nur Master Shakespeare gab uns das Aufführungsrecht für seine Werke und hat mit Burbage deswegen genug Ärger und Streit bekommen, wie Nathan uns erzählte.“

„Deshalb schreibe ich eine Tragödie“, sagte Judith seelenruhig, „natürlich unter deinem Namen, da ich nur eine Frau bin. Ich kenne einen Stoff im Decamerone, der gute Rollen verspricht.“ Und sie setzte sich hin und schrieb „Die Schwestern von Kreta“, sobald die Saison endete. Nicht zufällig spielten Frauen in der Tragödie die entscheidenden Rollen.

„Nicht die ganze Truppe wird benötigt“, erklärte James den Schauspielern. Jeder wusste, wer das Stück geschrieben hatte: Fünf Akte wie üblich. Drei Schwestern – Ninetta, Maddalena und Bertella – sind mit ihren Liebhabern (wie Desdemona) dem Elternhause entflohen nach Kreta. Ninetta hat die Liebe ihres Gatten Restagnone verloren und bei ihm ein Sonett an eine andere Dame gefunden. Da die Eifersüchtige an Selbstmord denkt, holt sie eine Giftmischerin ins Haus. Bertella ist die Dame, der der Schwager nachstellt, sie will aber nichts von ihm wissen und fürchtet die Eifersucht ihres Mannes Ughetto.“

„Und die mittlere Schwester?“, rief Donald. „Gewiss ist sie eine langweilige Person!“

„Durchaus nicht!“, erwiderte James. „Die Schwestern beruhigen Ninetta und schwören einander Treue, und Maddalena weiht ihren Gatten Folco ein und bittet ihn um Hilfe. Ninetta belauscht ein Gespräch der Männer, aus dem hervorgeht, dass ihr Mann sie nicht aus Liebe, sondern aus Habgier geheiratet hat.“

„Wenn sie aber doch geflohen sind?“, rief einer.

„Wie Jessica mit den Schätzen ihres tyrannischen Vaters! Alle werden nun von dem Herzog zum Fest geladen. Dieser zeichnet Maddalena vor allen anderen Frauen aus, doch Folco überhört die Anzüglichkeiten seiner Schwäger. Während des Festes vergiftet Ninetta nach hasserfülltem Streit ihren Mann.“

„Die möchte ich spielen!“, rief Donald, der die bösen Frauenrollen besonders schätzte.

„Die Giftmischerin wird verhaftet und bekennt, Ninetta beliefert zu haben. Diese wird zum Feuertod verurteilt. Maddalena fleht den Herzog an um Gnade, aber er will, wie Angelo, sie nur für eine Liebesstunde gewähren. Und diese ist weniger standhaft als Isabella, die Todesangst treibt sie dazu, den Herzog in ihrer Villa zu empfangen. Sie werden aber von Folco ertappt, der in rasender Eifersucht Maddalena ersticht. Der Herzog bestraft Folco und schickt die begnadigte Ninetta ins Kloster. Das dritte Paar wird um der fürstlichen Ehre willen verbannt. Bertella richtet ihren Gatten auf, preist das Landleben und …"

„Gibt es mehr als drei Frauen in dem Stück?"

„Nein. Und außer dem Herzog und den drei Schwägern gibt es nur noch einen Sänger und beliebig viele Richter."

Es war kein unsterbliches Werk, aber die Charaktere waren gut spielbar. Die schillernde Gestalt des Herzogs, der brutale Restagnone, der eifersüchtige Folco, der junge Liebhaber Ughetto und die Frauen: die dämonische Ninetta, die edle, leidende Maddalena und die liebliche Bertella. Alle Beteiligten waren hochzufrieden. Da das Stück neu war, machte ihnen allen die Erarbeitung Vergnügen, und Lord Vernons Männer hatten mit der Tragödie einen beachtenswerten Publikumserfolg.

Dadurch ermutigt, studierten sie im folgenden Jahr den „Lear" ein. „Lear" war für Ben Hayes die letzte Rolle seines Lebens. Robin spielte hervorragend den Schurken Edmund, Andrew seinen edlen Bruder Edgar, der erst siebzehnjährige Laurence bekam nur eine Nebenrolle, obwohl er gar zu gern den Edgar gespielt hätte. Er war jedoch als König von Frankreich Cordelias Gemahl. Endlich hatte die Truppe genug Schauspieler, um den „Lear“ anzugehen.

Während der dritten Vorstellung saß Judith wieder in ihrem Verschlag. Man befand sich bereits im fünften Akt. Alles lief so gut, dass Judith die Augen heben und sich Madeline zuwenden konnte, die in den Verschlag schlüpfte.

„Du musst gleich nach der Vorstellung zu James kommen, Judith!“, flüsterte sie. Dieser war mit seiner Narrenrolle schon fertig und noch kostümiert für den Schlussapplaus, saß aber schon bei einem Bier. „Es ist jemand gekommen von Vernon Hall mit einem Schreiben für dich.“

„Wo ist es?“

„James sagt, du sollst es erst nach der Vorstellung lesen.“

„Von Seiner Lordschaft? An mich?“ Madeline nickte. „Doch was kann er mir mitzuteilen haben wenn nicht – Lady Julia?“

„Über die junge Lady, ja. Ich begreife nicht, warum James ein solches Geheimnis daraus macht und so niedergeschmettert ist.“

„Sprich sogleich! Was gibt es für Neuigkeiten über Lady Julia?“

„Nicht so laut, sachte – man hört deine Stimme bis in die letzte Sitzreihe!“

„Und wenn! Was geschah? Hat der Bote nichts gesagt?“

„Nun, wenn du nicht warten kannst“, sagte Madeline eingeschüchtert. „Ich denke, böse Nachrichten kommen immer noch zu früh. Aber die Vorstellung ist ja fast vorüber – die arme junge Lady, deren Hochzeit wir so fröhlich feierten, ist im Kindbett verstorben, ehe sie ihr neunzehntes Jahr erreichte."

Nein, dachte Judith. *Das ist so unwahr wie das, was auf der Bühne geschieht, wo sie eben Regans und Gonerils Leichen hereintragen. Alle drei toten Töchter Lears stehen später wieder auf und treten an die Rampe. Aber nicht Julia. Nicht Julia. Wer hat da nicht aufgepasst?,* dachte sie zornig. *Sie hatte Frauen um sich, Hebammen, Lady Anne, aber nicht ihre Mutter. Nicht ihre Mutter. Sie haben sie sterben lassen …*

Lear betrat die Bühne und legte seine tote Lieblingstochter Cordelia auf die Bretter.

„Du bist schneebleich. Geht dir dieser Tod so nahe? Soll ich den Text übernehmen, Judith?", fragte die ahnungslose Madeline ängstlich. „Ich kann nicht so gut lesen wie du, doch … "

Judith schüttelte den Kopf und starrte in das Heft, ohne vor Tränen noch Zeilen zu sehen.

„Heult heult heult! Oh ihr seid all von Stein!
Hätt ich euer Aug und Zunge nur, mein Jammer
sprengte des Himmels Wölbung! – Hin auf immer!"
schrie Lear.

„Ich konnt' sie retten: nun dahin auf immer!
Cordelia, Cordelia! Wart ein wenig, ha!
Was sprachst du? Ihre klare Stimme war stets sanft,
Zärtlich und mild; ein köstlich Ding an Fraun …"

Nun kam Mortimer als Kent dazwischen, der sich zu erkennen gibt, und der Hauptmann meldete Edmunds

Tod. Dies alles glitt an Judith vorbei, nur ihre Lippen bewegten sich mechanisch im Text.

„Und tot, mein armes Kindchen! Nein! Kein Leben!
Ein Hund, ein Pferd, 'ne Maus soll Leben haben
Und du nicht einen Hauch? Oh, du kehrst nimmer wieder,
Niemals, niemals, niemals, niemals, niemals!"

„Um Gottes Barmherzigkeit willen, Muhme, was ist Mutter widerfahren?"

Nicht Lear. Die Stimme gehörte Laurence.

Und die andere Madeline. „Sie wird ohnmächtig. Der Tod der jungen Lady hat sie so erschreckt."

„Doch nicht Lady Julia? Nein, Muhme, nein!"

„Doch, die Braut von Oxburgh Hall."

„Oh Julia", Laurences tränenerstickte Stimme wurde noch leiser. „Ich habe ihr nie den Romeo spielen dürfen, wie ich es ihr gelobte.

Der Tod, der deines Odems Balsam sog,
Hat über deine Schönheit nichts vermocht.
Noch bist du nicht besiegt: Der Schönheit Banner
Weht purpurn noch auf Lipp' und Wange dir."

zitierte er Romeos Totenklage.

„Liebe Julia,
Warum bist du so schön noch? Soll ich glauben –
Ja, glauben will ich – komm, lieg mir im Arm,
Der körperlose Tod entbrenn' in Liebe
Und der verhasste, hagre Unhold halte
Als seine Buhle dich im Dunkel hier.
Aus Furcht davor will ich dich nie verlassen."

Judith öffnete die Augen. „Sie war deine Schwester, Laurence. Ihr dürft nie etwas davon verlauten lassen. Wenn ihr Kind sie überlebte, dann darf niemals …!!

„Mutter!“

„Sie war ein Mädchen – sie hätte bei der Truppe kein besseres Leben gehabt als wir, Madeline, und ihres Vaters edle Geburt gaben ihr ein Anrecht auf das Leben einer Dame. Ich glaubte, das Rechte zu tun, aber wenn ich sie nicht hergegeben hätte, Laurence, dann würde sie jetzt noch leben, den Fundus verwalten, singen, mit dir lachen“

„Judith“, sagte Madeline kopfschüttelnd, „wenn die Dame wirklich deine Tochter war, so hätte sie Percys oder Robins Frau sein und doch das gleiche Schicksal erleiden können!“

„Nein“, sagte Judith „nein, sie wäre bei mir gewesen. Ich hätte sie nicht sterben lassen, hört ihr?“

„Ich konnt' sie retten, nun dahin auf immer!
O du kehrst nimmer wieder … niemals, niemals!“

„Morgen geben sie den ‚Hamlet' im Theater. Dieser wunderbare junge Laurence Field spielt ihn, Gevatter. Meine Töchter sind ganz verliebt in ihn! Sie promenieren unter seinem Fenster, um einen Blick auf ihn zu erhaschen!"

„Bewahre Gott! Da müsset Ihr sie aber geschwind unter die Haube bringen, dass nicht Ärgernis entstehe!"

„Ei, was denkt Ihr auch! Sie sind nicht die Einzigen, in der Stadt, die so närrisch sind. Und er ist ja vermählt mit einer von den Seinen, einem recht lieblichen Mädchen."

„Sie ist kein Mädchen mehr, wenn sie eine Ehefrau ist!"

„Meinetwegen – ein schönes junges Weib. Und er hat sogar eine Tragödie geschrieben, dieser Wunderknabe, welche die Herren von der hohen Schule wer weiß wie loben: ‚Der Tod des Königs Artus'. Ein so junger Mensch von erst dreiundzwanzig Lenzen – woher kommt ihm das alles ?"

„Was Ihr nicht sagt!"

„Er spielte den Mordred, den jungen Bösewicht, der sich gegen seinen königlichen Vater empört. Habt Ihr ihn nicht gesehen, Gevatter?"

„Nein, ich gehe nur ins Theater, wenn ich dort lachen kann. Das Leben ist traurig genug. Spielen sie keine Komödie, die einen herzhaft zum Lachen bringt?"

„In diesem Jahr spielen sie den ‚Kaufmann von Venedig', aber wartet bis zum August, Gevatter, da bringen sie ‚Der Widerspenstigen Zähmung' heraus, die ist für Euch das Rechte … da, seht Ihr die Frau mit dem Korbe?"

„Ja, gewiss, aber warum? Sie ist unscheinbar gekleidet und nicht mehr die Jüngste. Nach der dreht Ihr Euch um?"

„Das ist Mistress Field, seine Mutter. Die von ‚Hamlet'. Und noch immer nicht ganz reizlos, wenn Ihr mich fragt."

„Sieht ganz achtbar aus. Wer ist der Vater?"

Der Gesprächspartner zuckte die Achseln.

„Da sieht man es wieder. Die Weiber dieser Schauspieler taugen alle nichts."

„Sie mag eine ehrsame Wittib sein."

„Ach geht mir doch! Mein Sohn verbietet seinen Töchtern den Theaterbesuch."

„Ist er ein Puritaner?"

„Wo denkt Ihr hin! Doch in den Theatern kann die Jugend nichts Gutes lernen."

Sie verloren sich eifernd in der Menge.

Der Korb ist schwer, dachte Judith. *Ich hätte einen der Knaben mitnehmen sollen. Dass aber auch Madeline gerade am Tage vor dem ‚Hamlet' kreuzlahm wird … und Jane soll keine Lasten tragen, weil sie schwanger ist: Immer treffen alle Missgeschicke zusammen.*

Da, wieder der Schmerz in der Brust! Ich muss mich setzen und verschnaufen. Sie brauchen mich morgen, sie sind gewöhnt an mich … oh, bin ich müde! Was Wunders, bedenkt man, wie ich gearbeitet und mich gemüht habe wie ein Pferd in den Jahren seit …

Nur die Arbeit, die rasende Arbeit, hatte sie dazu gebracht, Julias Tod – nein, nicht zu verwinden, nur zu ertragen. Die ersten beiden Jahre hielt die Trauer sie in einem Würgegriff, der ihr die Luft abschnürte. Die Freudlosigkeit, die ständige Angst um Laurence, die Unruhe, wenn sie ihn nicht sah, und wenn sie ihn sah, die tausend sinnlosen Fragen nach dem Befinden dieses kerngesunden jungen Mannes – er musste viel Geduld mit ihr aufbringen.

Den „Sommernachtstraum" konnte sie noch heute nicht wieder sehen. Nicht diesen Elfensegen des Ehebetts anhören, das Julia den Tod gab. Sie malte sich das Traumbild einer jungfräulichen Tochter, die, der Gefahr des Kindbetts nicht unterworfen, ihr Leben mit ihr teilte. So hätte es sein können. James und Laurence und die eigene Logik versicherten ihr hundertfach, dass sie ebenso gut selber bei der Geburt ihrer Kinder hätte sterben können, dass keineswegs alle Schauspielerfrauen das Wochenbett überleben, das schlechte mütterliche Gewissen blieb: *„Ich konnt' sie retten, nun dahin auf immer!"* Es war Madeline, die diesem Wahn den ersten entscheidenden Hieb versetzte.

„James und du", sagte sie, „ihr seid nicht die einzigen, die eure Mutter gebar, nur die einzigen, die sie groß bekam. Meinst du, sie hätte deine Geschwister, die auf irgendwelchen Gottesäckern des Landes begraben liegen, weniger als dich und James geliebt? Mütter vermögen viel, Judith, aber nicht alles."

Sie hatten den „Sommernachtstraum“ nie mehr gespielt, und der Vorwurf, in der Todesstunde ihrer Tochter fern gewesen zu sein, und nicht alles versucht zu haben, was in ihrer Macht stand, blieb, doch Judith vermochte wieder zu arbeiten.

Die künstlerische Leitung der Truppe lag nun ganz in ihren Handen. James, den das Alter bequem machte, erkannte ihre Überlegenheit neidlos an und überließ ihr Inszenierung und Regie. Er selbst war unübertrefflich im Management und als Finanzgenie der kleinen Gemeinschaft. Aber er verfügte weder über Judiths Einfallsreichtum – da konnte er nur staunen – noch machte es ihm Vergnügen, alle diese einander widerstrebenden Interessen dieser vielfach so unterschiedlichen Charaktere zu vereinen. Es war ihm lieber, wenn sie alle mit ihrem Rollenneid, ihrem Liebeskummer, ihren Kostümwünschen und ihren Rivalitäten zu Judith liefen und ihn verschonten. Sie konnte so viel besser als er schlichten und besänftigen. Die alten Gefährten erkannten trotz ihres Geschlechtes ihre Autorität an, und die Jungschauspieler stellten diese auch kaum je infrage, da sie als Kinder schon zu der Truppe stießen und als Frauenspieler ohnedies von Judith ausgebildet wurden.

Das erste Stück, das sie selbst in Szene setzte, zwei Jahre nach Julias Tod, war wieder „Der Kaufmann von Venedig“. Richard ragte als Shylock zwar nicht an Edmund Hilliard heran, aber Lord Vernon hatte ihnen einen sehr fähigen Knaben als ‚Porzia‘ geschickt. Seit Julias Bestattung war Judith ihm nicht mehr begegnet, er hatte nun, um mit ‚Jacques‘ zu sprechen, das fünfte Lebensalter erreicht und war schwergewichtig geworden, sein Bart angegraut. Robin spielte gut den Bassanio, und der damals erst neunzehnjährige Laurence, dem noch keine Hauptrolle zustand, den Lorenzo.

Judith erlaubte sich, einige Szenen des fünften Aktes umzustellen. Das Stück endete nun nicht mehr mit den doppelbödigen Scherzen um die Ringe, sondern mit dem Zwiegespräch Lorenzos und Jessicas. Andrew, der den Gratiano spielte, und Robin murrten, sie wolle auf diese Weise die Rolle ihres Sohnes aufwerten.

Der treue Percy begütigte die Aufgebrachten: „Die Prinzipalin hat jene Melancholie noch nicht überwunden, die sie vor zwei Jahren erfasste."

„Sie ist jetzt in den Jahren, wo die Frauen wunderlich werden!", brummte Richard.

„Sie will die Schwermut hinter dieser Heiterkeit sichtbar machen, da sie selbst nicht mehr fröhlich sein kann", meinte Mortimer.

„Mir gefällt dieses leise Ende mit dem Liebespaar unter den Sternen", sagte Percy. „Wer weiß, wie lange Lorenzo seiner Jüdin wirklich treu bleibt? Ob nicht auch er die Männerfreundschaft und die Spielregeln dieser Welt über die Liebe stellt, wie es Bassanio letztlich eben doch tut?"

Nun entspann sich eine lebhafte Diskussion darüber, ob Bassanio den Ring hätte hergeben dürfen, wie es das Drama nahelegte, oder aber nicht. Gegen Judiths Textumstellung aber murrte keiner mehr.

Bald darauf reiste Judith mit ihrem Sohne nach Stratford, weil Laurence keine Ruhe gab. Einmal im Leben wollte er Master Shakespeare seine Bewunderung persönlich zu Füßen legen, und Judith fand, er habe darauf ein Anrecht.

Shakespeare war zu dieser Zeit bereits ein kranker Mann und seine Frau suchte ihn vor fremden Besuchern abzuschirmen. Aber sie wusste natürlich nicht, dass Judith einige Frauenrollen ihres Mannes verkörperte und dass er einige andere Frauengestalten für sie geschrieben hatte. Geschweige denn, dass ihn mit der Besucherin eine längst vergangene helle Sommernacht verband.

Shakespeare erkannte Judith erst auf den zweiten Blick, bat sie aber dann mit überströmender Freude, sich zu setzen. „Meine Porzia! Dass Ihr Euch noch einmal die Mühe eines Besuches macht! Ich muss nicht fragen, ob dieser Jüngling hier Euer Sohn ist. Er ist ja Euer schönes Ebenbild. Auch ich hatte einen Sohn und setzte auf ihn alle Hoffnungen, aber mein Hamneth ist tot."

„Und ich verlor meine Tochter."

„Man sieht es Euch an, dass Ihr Leid erfuhrt. Ich habe meine Töchter, Ihr Euren Sohn. Doch das Kind unseres eigenen Geschlechtes ist es, in dem wir weiterzuleben hoffen. Ist Euer Sohn Schauspieler?"

„Das bin ich – ich versuche es zu sein", stammelte Laurence. „Verzeiht, Meister, ich finde nicht die rechten Worte, um auszudrücken, wie ich Euch bewundere."

„Ihr habt in einem meiner Werke gespielt?"

„Einem? Ich spielte Rosalinde, Ariel, Puck, den Lysimachus in Perikles und den Lorenzo, nach dem ich Laurence genannt wurde …"

„So? Nach Lorenzo wurdet Ihr genannt?"

Soll ich es ihm sagen?, dachte Judith. *Einmal deutete ich es an und es folgte eine Katastrophe. Würde es den Meister freuen, zu wissen, dass Hamneth nicht sein einziger Sohn ist?* Aber sie vermochte die Lippen nicht zu öffnen. War es eine immer noch bestehende Verbundenheit mit Nathan? Ein Schuldgefühl gegen Gatten und Sohn? Nein … sie kannte die Wahrheit einfach selbst nicht. Laurence war mit Haut und Haaren ihr männliches Ebenbild, viel mehr als einst Julia. Er ähnelte weder Shakespeare noch Nathan Field.

„Wann seid Ihr geboren, Master Field?"

„Im Frühling Anno 1597, Master Shakespeare.

„Im Frühling?", fragte Shakespeare tastend.

„Er sucht Euch alle Ehre zu machen, Master Shakespeare!", sagte Judith mit bebender Stimme.

Mistress Shakespeare erlöste sie. „Wollet Ihr mit uns speisen, Mistress?" Nur zu deutlich erhoffte sie eine Verneinung. „Wenn Ihr vorliebnehmt – es ist schlecht und recht. Städter sind es anders gewöhnt."

„Seid bedankt, Mistress Shakespeare", Judith erhob sich hastig, „wir müssen uns wieder auf den Weg machen."

„Ich bäte Euch von Herzen, zu bleiben", sagte die geborene Hathaway, „allein mein Mann ist nicht wohl in letzter Zeit und ermüdet leicht."

Shakespeare brachte sie mit einer Geste zum Schweigen. „Leider hat Anne nicht unrecht." Er ergriff Judiths Hände. „Euer Besuch war eine Freude, die ich nicht mehr zu erleben glaubte. Doch ich habe den ‚Kaufmann' in Vernon Hall nie vergessen. Und Ihr, Master Field, vergönnt mir eine Bitte."

„Jede, Master Shakespeare!" rief Laurence glühend.

„Deklamiert mir noch einmal ‚Lorenzo' aus dem 5. Akt."

„Der Mond scheint hell! In solcher Nacht wie dieser", begann Laurence ohne Zögern.

Und als er schwieg, übernahm Judiths klare Stimme leise den Part der Jessica:

„In solcher Nacht
Schlüpft Thisbe überm Taue furchtsam hin ..."

Als sie zu Ende waren, hatte Shakespeare die Augen geschlossen. Sie wollten auf Zehenspitzen hinwegschleichen, doch er bat, ohne die Lider zu öffnen:

„Noch: ‚Wie süß das Mondlicht auf den Hügeln schläft' und Laurence wiederholte die Worte und fuhr fort. Judith schloss ebenfalls halb die Lider. Die Sphärenmusik der Mittsommernacht, die Sterne über ihr ...

„Sieh, Jessica, sieh, wie die Himmelsflur
Ist eingelegt von Scheiben lichten Goldes.
Da ist kein Kreis so klein, den du erblickst,
Dass Engel nicht in seiner Schwingung singen
Im Chore mit den jungen Cherubim,
Und solche Harmonie ist in der Seele,
Doch da dies schmutzige Kleid des Verfalls
Sie dicht umhüllet, hören wir sie nicht."

Eine Woche später legte die Seele Shakespeares das „schmutzige Kleid des Verfalls" ab und stieg empor zu den Engelschören, und es blieb nur der Gesang seiner Worte.

Judith kam heim in die bescheidene Herberge, die ihr als Wohnung diente. Im Nebenraum deklamierte Laurence den Hamlet, in der Küche klapperte Jane mit dem Abendbrot. Das magere Kind, das in Knabenkleidern die Mädchenrollen gespielt hatte, war zu junger Weibesschönheit erblüht, und ihr aschblondes Haar fiel nun über den Gürtel herab, wenn sie es löste.

Natürlich hatte sie seit der Entfaltung ihrer jungen Weiblichkeit die Bühne so wenig wie Judith mehr betreten dürfen, doch sie war ohne Ehrgeiz und glückselig, als zur Erntezeit des vergangenen Jahres Laurence sie heimführte. Jane hatte in ihren frühen Bühnenjahren genug vom Schauspielberuf gelernt, um Verständnis für ihren theaterbesessenen Gatten aufzubringen, doch sie hatte keine eigenen Ambitionen. Judith bedauerte, dass sie Jenny nie kennengelernt hatte, Jane hätte ihrer Mutter gefallen, da sie ihr so ähnlich war. *Jane,* dachte sie, *wird meinen Laurence so glücklich machen, wie ich Nathan nie beglücken konnte, und sie ist die beste Schwiegertochter, die ich mir wünschen kann. Mutter, Madeline und Jane sind, wie die Frauen sein sollen. Nur ich bin aus der Art geschlagen.*

Die neuen Knaben, Stephen und Geoffrey, Mortimers Sohn, sahen ihr hungrig entgegen, aber ihr Hunger galt nicht dem Abendbrot, dessen Düfte verlockend die Stube durchzogen.

„Mistress Field, was wird nach dem ‚Hamlet' einstudiert? Ist es wahr, dass wir demnächst die ‚Widerspenstige' spielen?"

Es war immer dasselbe, wenn eine Premiere nahte, wollten sie wissen, was als Nächstes kam. Judith hatte es sich zur Regel gemacht, vor einer Premiere nicht über die Rollenverteilung des nächsten Stückes zu sprechen, denn eine solche war zwangsläufig mit Enttäuschungen verbunden. Wenn Geoffrey nicht zu genau wusste, dass er nur für die ‚Witwe' vorgesehen war, war es besser, denn dieses Wissen konnte seine Arbeit im ‚Hamlet' nicht überschatten. „Wir sprechen morgen Abend darüber – nach dem ‚Hamlet'!"

„Ich mag die Katharina nicht", sagte Stephen, der sie spielen sollte. „Ich mag das ganze Stück nicht. Gebt die Rolle ruhig Oliver. Von allen Komödien Master Shakespeares ist diese die einzige schlechte! Über Katharinas Demütigung lachen doch nur Pantoffelhelden! Findet Ihr es komisch, Mistress Field, dass der Wille einer Frau durch Rohheit, Hunger und Schlafentzug gebrochen wird?"

„Ich möchte keine Frau haben", sagte der kleine Geoffrey, „die aus Furcht vor mir behauptet, die Sonne sei der Mond und ein Greis eine Jungfrau. Da wäre mir ein dressierter Pudel lieber."

„Mir auch", sagte Stephen, „und dabei weiß man doch nie, was sie wirklich denkt, nicht wahr?"

Judith blickte gerührt in die ernsten jungen Gesichter.

„Ich fange an, zu glauben, dass es doch noch Hoffnung für die Menschheit gibt, wenn ich euch höre. Keine Sorge: Ich will keine gebrochene Katharina auf der Bühne sehen. Petruchio kommt nach Padua, um sich eine reiche Frau zu suchen. Aus Habgier freit er um die zänkische Katharina und prahlt vor ihrem Vater und seinen Freunden, er werde sie zähmen. Als er sie jedoch erblickt, da fängt er an, dieses schöne, heißblütige Mädchen zu lieben."

„Davon steht aber nichts im Stück!", sagte Geoffrey altklug. „Sie streiten doch nur."

„Ja, Herr Neunmalklug, das steht nicht drin. Doch der Streit Liebender ist eine eigene Sache. Du, Stephen, und Petruchio – es wird wohl Robin sein – ihr müsst das spielen, was zwischen den Zeilen steht, durch Blicke, tastende Berührung … es ist ihr eigenes Gefühl … gegen das sie sich tobend wehrt, denn vom Manne hat sie bisher nichts als Zurücksetzung erfahren, Zurücksetzung hinter die artige kleine Schwester, die so ist, wie eine Frau nach Meinung aller dieser Männer zu sein hat … und die beiden würden sich nach der ersten Streitszene wider Willen küssen, wenn nicht der Vater dazwischenkäme."

„Und weiter?", fragte Stephen gefesselt. „Er brüllt und droht doch, entzieht Katharina das Essen, den Schlaf und die Liebeswonne."

„Ja", sagte Judith, „aber habt ihr nicht beobachtet, dass dabei immer zumindest ein Mann zugegen ist, Grumio, Hortensio oder andere? Und von Jungfrauen verstand Master Shakespeare leider auch nicht mehr als andere Männer. Durch Vorenthaltung des ehelichen Beischlafs zwingt man doch eine Katharina nicht in die Knie! Nein, sind die beiden in der Brautkammer, so lasse ich die süßeste Musik spielen, die wir besitzen, und eng aneinandergeschmiegt betreten sie wieder die Bühne. Alles andere – die Schneiderszene, der Dialog um Mond und Sonne, Greis und Mädchen und Katharinas widerwärtig demütige Schlussrede, das ist nichts als ihr wohlüberlegtes Spiel, um ihrem Manne die Wette zu gewinnen und ihm zu helfen, sein Gesicht zu wahren gegenüber den Männern! Merkt ihr nicht, wie ironisch sie die Unterwürfigkeit des Weibes übersteigert? Und Petruchio muss sachte zügeln, wenn sie gar zu dick aufträgt! Am Schlusse beugt er sich ihr in Liebe – lasst nur die selbstgefällige Gesellschaft erst von der Bühne abgehen!"

„Jetzt will ich die Katharina spielen!", rief Stephen. „Es wird mir großes Vergnügen bereiten, und ich werde sie ganz anders spielen als Donald!"

Zu ihrem eigenen Erstaunen dachte Judith: *Ich bin glücklich. Zum ersten Mal seit Julias Tod bin ich wirklich glücklich. Es ist, als ob ein schwarzer Schleier plötzlich zerrisse.*

„Hört mir noch einmal die Königin ab!", bat Stephen nach dem Abendessen.

„Das tue ich. Errege dich nicht über Gebühr, Stephen. Du warst im ‚Artus' eine so gute Königin Ginevra, du wirst auch diese Königin zu aller Zufriedenheit gestalten."

Und am anderen Tag herrschte wieder das vertraute Chaos.

„Wo ist meine Perücke?", jammerte Judiths Neffe Oliver, der die Ophelia spielte.

„Wer hat meine Krone gesehen?", so Geoffrey, der die Pseudokönigin der Schauspielertruppe in dem Drama sein sollte.

„Alles habe ich euch ordnungsgemäß hergerichtet“, stöhnte Judith, „aber wenn ihr es verschleppt an die unmöglichsten Orte …“

Und wie immer fand sich wunderbarerweise, pünktlich zu Vorstellungsbeginn, alles Verlegte wieder. Judith musterte ihr Trüpplein. Oliver steckte in dem Tudorkleid aus karneolfarbenem Damast, das vor Jahren Cordelia getragen hatte, die Königin in Gold.

Judith eilte in ihren Bretterverschlag. Noch einmal drehte sie sich um. „Jane sagte, du sähest blass aus, Stephen. Unter der Schminke ist nichts mehr zu erblicken. Doch errege dich nicht zu sehr. Du hast hart gearbeitet und wirst deine Sache gut machen. Und du, Oliver, vergiss nicht, in den Wahnsinnsszenen nicht zuviel schreien und lachen, nur dort, wo wir es vereinbart haben.“

„Aber Master Hayes schrie und brüllte doch als toller Lear ganz fürchterlich!“

„Nimm dir nicht Master Hayes zum Vorbild, sondern die Natur. Gestörte Menschen sind meist ganz starr und in sich versponnen. Und gedenke dessen, dass Ophelia schon vom ersten Auftritt an eine geistige Zerbrechlichkeit ausstrahlen soll, die das Folgende erklärt. Und schon nach dem Monolog ‚O welch ein edler Geist‘ musst du in Mimik und Gestik den beginnenden Wahnsinn deutlich machen!“

„Und sagt laut ein, Mistress!“, flehte der geistig nicht allzu begabte und ängstliche Geoffrey. „Was täten wir ohne Euch!“

„Ihr habt Jane auf der anderen Seite der Bühne.“

„Aber drüben müsst Ihr sitzen. Ihr entdeckt geschwinder als Mistress Jane, wenn etwas zu misslingen droht."

„Ich habe es auch lange genug geübt."

Trompeten. Das Publikum wurde still. Und das Stück begann.

Laurence war wundervoll, Hamlet die Rolle seines Lebens. Der gute alte Richard spielte den König gar nicht schlecht. Valentin Berkeley machte als Horatio seinem Vater alle Ehre. Aber Stephen versagte völlig als Königin. Apathisch saß er auf seinem Thron. Nun, ein Dreizehnjähriger konnte unmöglich den Konflikt einer nahezu vierzigjährigen Frau zwischen Gatte und Sohn gestalten … *ich könnte es,* dachte Judith schmerzlich, *ich habe es zu Genüge erlebt, aber Stephan könnte sich wenigstens an die Absprachen halten! Wozu gab ich mir solche Mühe? Er sollte jetzt nicht uninteressiert auf dem Thron herumhängen, sondern den König mit sinnlich entflammten Blicken verschlingen! Und die ersten Worte der Frau an Hamlet über seinen toten Vater – Gott! Wo ist das nervöse Schuldbewusstsein, das wir erarbeitet haben – er ist einfach langweilig! Keine stumme Teilnahme an der Rede des Königs* … zum Glück ging das Königspaar nun ab, und Hamlets Monolog ließ die Zuschauer alles andere vergessen. Da Stephen auf der anderen Seite der Bühne abgegangen war, musste sie ihre Kritik verschieben.

Bei Oliver dagegen erntete sie die Früchte ihres Tuns. Ophelia war von der Moralpredigt ihres Bruders zerschmettert, ein geducktes, gedrücktes, vom Vater und Bruder bevormundetes Geschöpf. Ein übergroßer mühsamer Ernst, eine erzwungene Bravheit waren dieser vor der Wahnsinnsszene niemals lächelnden Ophelia eigen. Und doch träumte sie während des Gespräches mit Polonius, den James spielte, und des Laertes ganz versunken vor sich hin, und nachdem sie ihrem Vater Gehorsam und Reinheit geschworen hatte, blickte sie sehnsuchtsvoll, wie so viele Bürgermädchen, die Laurence verehrten, hinauf zum Fenster des Prinzen.

Das Spiel ging weiter mit der Erscheinung des Geistes vor Hamlet. – *Wer ist dein Vater?,* sann Judith, als die Szene wechselte. Sie war ungewisser denn je. An der Entstehung ihrer Artus-Tragödie hatte der Sohn keinen Anteil genommen, er war nichts als Schauspieler. *Ist dein Vater der verklärte Geist, oder der, der dich mit Hass und Eifersucht verfolgt?* Sie entsann sich, dass Laurence während des Rollenstudiums zu ihr gesagt hatte: „Mein Vater, es ist mir, als sei er beide: der gute Vater Hamlets und der Claudius. Weißt du, ich wollte, er würde beide Rollen bei uns spielen." Sein Konflikt mit Nathan war es, der seine Darstellung so erschütternd machte.

Wieder kam Ophelia. Völlig verwirrt, erschreckt und dem Wahnsinn schon nahe, schilderte sie den Überfall des angeblich irrsinnigen Hamlet.

Und wiederum sah in der folgenden Szene die Königin im goldenen Kleide hübsch aus, aber sie zeigte keinerlei Gefühl.

Was ist nur mit Stephen geschehen?, flüsterte Judith dem Geist des Königs zu.

„Er hat heute Morgen eine Süßigkeit von einem Straßenhändler gegessen und sich während der Ophelia-Szene erbrochen."

„Herr des Himmels! Wird er die Vorstellung durchstehen?"

„Er ist ein braver Knabe und weiß, dass wir nicht abbrechen können", sagte der „Geist" zuversichtlich. „Kein anderer hat die ‚Königin' gelernt, und jeder hat mindestens eine Rolle im Stück."

Die Vorstellung quälte sich weiter bis zu Hamlets Monolog „*Sein oder Nicht sein*" und der Ophelia-Szene, die die Zuschauer die schwache Leistung der Königin vergessen ließen. Auch Judith war hingerissen vom Monolog ihres Sohnes und seinem Zusammenspiel mit ihrem begabten Neffen, seinem Cousin. Hamlet, welcher den spähenden Polonius bemerkt hatte, sprach mit Ophelia kalt und ironisch, sie furchtsam und eingelernt. Hamlet wurde immer heftiger und greller, und ihm antwortete Ophelias schluchzender Aufschrei:

„In der Tat, mein Prinz, Ihr machtet mich's glauben!"

Er kniete bei der auf die Thronstufen Gesunkenen, spielte mit ihren Haaren, riss sie hoch und stieß sie gegen die Mauer, und er tobte an dieser Unschuldigen seinen Hass gegen die Königin aus. Und am Boden liegend, wimmerte Ophelia ihren Monolog:

„... weh mir, wehe!"

Die Aufführung schritt voran. Alle zitterten, dass Stephen die große Königinnenszene durchhielt, und Laurence schonte seine königliche „Mutter" weit mehr als auf den Proben. Zu aller Erleichterung ging die Szene ohne Zwischenfall vorbei, dann aber rannte Stephen von der Bühne und würgte und befleckte das weiße Nachtgewand. Die Pause wurde verlängert, und die erste Szene des vierten Aktes ließ man entfallen.

Erst in der Wahnsinnsszene Ophelias musste die bleiche Königin wieder auftreten. Das Publikum schenkte ihr wenig Beachtung, es stand im Banne der irrsinnigen Ophelia. Stephen vermochte noch, unter Aufbietung aller Willenskraft, den Bericht über ihren Tod mit leiser Stimme zu erstatten, aber in der Begräbnisszene wurde er ohnmächtig. Die Zuschauer hielten dies für einen bloßen Regieeinfall.

„Spiele du die Königin", sagte James zu seinem Sohn, „sie hat kaum noch Text in der letzten Szene."

„Siehst du nicht, dass er am Ende ist?", herrschte Judith ihn an. „Er hat sich völlig verausgabt. Und die Zuschauer werden bei seinem Anblick glauben, Ophelia sei wie Lazarus von den Toten auferstanden! Schnell! Das rote Kleid, das ich als ‚Helena' im Schlussakt trug!"

Das Kleid war mittlerweile zu eng, doch der Königsmantel deckte die offenen Haken.

„Die Perücke!", forderte Judith. „Ich brauche die gleiche Perücke wie Stephen. Und ihr stellt den Thron so, dass die Zuschauer mich und den König nur von hinten sehen! Vielleicht merken sie den Austausch nicht!"

Noch einmal saß sie auf der Bühne, das nicht mehr Mögliche war wahr geworden, wie es dem Weibe des Zacharias erging. Sie wurde wieder zur Rolle, zur Königin, hörte die schwermütigen Worte Hamlets, die starren des Laertes und die verlogenen des Königs. Und als dieser die Giftperle in den Wein warf, da zuckte die Königin zusammen. Sie war nicht arglos, wie Shakespeare sie geschaffen hatte, sie wusste, was diese Perle bedeutete, ohne es beweisen zu können. Sie ließ den Giftkelch nicht mehr aus den Augen:

„Die Königin trinkt auf dein Glück, mein Hamlet!"

Sie opferte sich für den Sohn, leerte den Kelch, den der Mann, den sie liebte, für ihren Sohn mit Gift versetzt hatte. Eine andere Möglichkeit, Hamlet zu retten, ohne den König zu verraten, blieb ihr nicht. Ein Lächeln des Abschieds stand in ihren Augen.

„Gertrud, trink nicht!" –
„Ich will es, mein Gemahl
ich bitt, erlaubt mir –"
„Es ist der giftge Kelch, es ist zu spät!"

Das Fechten tobte über die Bretter. Judith brauchte nur noch zusammenzubrechen vor ihrem letzten Vers:

„Nein, nein, der Trunk, der Trank – o lieber Hamlet
Der Trank, der Trank – ich bin vergiftet."

Sie starb ihren Bühnentod. Tod – was war das? Wenn der gelegentliche Schmerz in ihrer Brust das Leiden ihres Vaters anzeigte, so würde sie das siebente, blinde und zahnlose Alter nicht mehr erleben müssen. Sei's drum! Alles, alles war ihr geschenkt worden, was sie ersehnt hatte. Man trug sie von der Bühne wie alle „Toten", Hamlet, Laertes, Claudius. Unermesslicher Applaus. Stephen, blass und schwankend und von Richard gestützt in Perücke und Goldkleid, verbeugte sich vor seinem Publikum. Judith trat in den Schatten zurück. Während der Applaus langsam abebbte, räumte sie die nicht mehr benötigten Requisiten beiseite. *Es war nur Spiel,* dachte sie, *alles nur Spiel, doch in Wahrheit stürbe ich für dich, Laurence, wie Gertrud für Hamlet. Mein eigenes Herzblut gab ich der Figur der Tragödie. Es war mehr als Schein und Lüge.*

Da stand Oliver vor ihr, mit Blumen in der wildgelockten Opheliaperücke.

„Kommt schnell, Muhme Judith! Ihr werdet's nicht glauben!"

Sie betrat die Hinterbühne. Nathan und Laurence lagen einander in den Armen und Nathan weinte.

„Dass Ihr da wart, mein Herr Vater." Auch Laurence war den Tränen nahe.

„Mein Sohn – Oh mein Sohn!" Er sah Judith und löste sich von dem Jüngling. „Judith, gebt Ihr mir die Erlaubnis, in London den ‚Tod des Artus' zu spielen, liebe Frau?" Sie konnte nur nicken.

„Wartet, ich habe auch etwas mitgebracht, zugleich mit meiner Bitte um Verzeihung."

Er verschwand im Gewirr von Schauspielern und begeisterten Zuschauern, die die Bühne erstiegen hatten, und legte bei der Rückkehr einen schweren, schweinsledern gebundenen Band in ihre Hände.

„Was ist das?"

„Die Folio-Druckausgabe von Master Shakespeares sämtlichen Werken. Seine Freunde und Schauspieler ließen sie drucken nach seinem Tode."

„Oh Nathan", sagte sie mit tränenfeuchten Augen, „das ist das schönste Geschenk, das ich je bekommen habe."

Und sie lag in seinem Arm. Der Kreis ihres Lebens war geschlossen. *Meinen ‚Artus' wird niemand drucken,* dachte sie, *ich bin kein Shakespeare, und die Hilliards haben kein Geld, er wird mit mir sterben.*

Mag er! Ich habe den Menschen, die ich liebe, alles gegeben, was ich zu geben hatte, und dies allein zählt.

Über die Autorin

Erika Brunner wurde 1932 in Darmstadt geboren und lebt seit ihrer Kindheit in Wiesbaden. Neben einer abgeschlossenen Ausbildung als Schauspielerin studierte sie Germanistik, Geschichte und Theaterwissenschaft und entschied sich nach dem Staatsexamen für den bürgerlichen Beruf einer Gymnasiallehrerin.

In dieser Eigenschaft leitete sie jahrzehntelang die Theatergruppe der Schule, welcher viel beachtete Aufführungen klassischer und moderner Stücke gelangen. Im Ruhestand ist Erika Brunner als ehrenamtliche Prädikantin der evangelischen Kirche und als Schriftstellerin tätig. Sie veröffentlichte eine Biografie König Ludwigs II. von Bayern, einen Gedichtband und verschiedene Erzählungen.